Schroot

Jef Geeraerts

Schroot

Manteau Antwerpen/Amsterdam

© Jef Geeraerts, 1963
Derde herziene druk
Omslagtypografie Rikkes Vos
ISBN 90-223-1255-0
D 1992 0065 19
NUGI 300

1

Harry steekt de zandweg over om in de schaduw van hoog bos links van de weg te komen. De dennen staan roerloos met zonneplekken hoog in de takken. Harry kijkt om, blijft staan en luistert. Het is zeer stil. Hij heeft blue jeans aan, Arabische sandalen met een riempje tussen twee tenen en een kaki colonial shirt met korte mouwen. Hij heeft een groot roggebrood onder de arm. Hij luistert gespannen. Ergens in het bos kraakt een denneappel en zijn ogen schieten heen en weer.

Hij schudt het zand vantussen een sandaal, trekt het riempje weer over zijn grote teen en zet het rechterbeen vooruit.

Hij kijkt om naar de zandweg vol zonlicht tussen de dennenbossen. Hij ontspant zich en begint te stappen met de lange lenige passen van iemand die marcheren gewoon is.

In een stuk mul zand schopt hij de sandalen uit en neemt ze in de hand. Het zand is heet onder zijn voeten. God, weer heet zand, denkt hij, maar niet zo korrelig en vlugger koel als je er je voet in boort. Er lopen konijnesporen over de weg en hij volgt ze met de ogen naar de plaats waar ze jong dicht sparrenbos ingaan. Hij keert zich met een ruk om en ziet in de verte iets blinken op de weg.

Dàt was het dus, denkt hij, mijn gehoor is nog altijd goed, ik was bijna zeker dat er iets was.

Hij loopt door het zand en kijkt soms om en dan hoort hij de motor. Het is een lichtgele Citroën 2 pk, hoog op de wielen en schommelend door de kuilen als een eend. De motor ratelt in de tweede versnelling en hij laat een stofwolk achter. Harry blijft staan om hem te laten passeren maar de wagen stopt. Het dak is opgerold en er zitten twee vrouwen in. Achter het stuur een blonde, gebruind, slank, met mooie gladde armen en een rood lint in het haar. Naast haar een donkere, net Françoise Arnoul, een sigaret los tussen de lippen, een zonnebril op, heel knap en heel verzorgd.

De blonde geeft een teken met de hand.

Harry komt naderbij, krijgt stof in zijn gezicht en verandert het brood van plaats.

'De kortste weg naar de Hollandse grens...?' zegt ze met een heldere jongensstem, (Mbamba, denkt hij ademloos, de stem van Mbamba die eerste maal op het maanovergoten dorpsplein met de zwarte borassus-palmen en in de verte, in de vallei, soms de schreeuw van een klipdas). Ze bekijkt hem nu en glimlacht. Ze heeft gelijke tanden en volle lippen, rose geverfd en mooi afstekend tegen haar bruine huid.

Hij glimlacht ook en zijn donker gezicht wordt knap en hij bekijkt haar. (Ingrid in de bocht met de rots-muur, wuivend, zich rekkend, haar lichaam strekkend als een discuswerper en wuivend met een bruine arm.)

'De eerste weg links en rijen maar,' zegt hij hees.

Ze bekijkt hem vlak in zijn ogen en hij voelt het komen.

Dan zegt ze iets tegen haar vriendin, hij hoort het niet want de motor ratelt, maar hij weet wat ze zegt en houdt zijn adem in.

De vriendin antwoordt iets en ze beginnen allebei te lachen, de blonde bekijkt hem, glimlacht en zegt: 'Dank je wel hoor.'

Ze schakelt in, geeft veel gas en het wagentje springt met een ruk vooruit.

Harry wacht tot het stof weg is, duwt even op zijn gulp en stapt verder. Hij kijkt naar het wagentje dat schommelend door het zand maalt en het is zeker wegens die baard en de blue jeans (ik laat me gaan) en werelden kunnen van zoiets afhangen, het is een absurditeit er zin aan te willen geven, àlles is toeval en dit is adembenemend en verschrikkelijk, denkt hij gejaagd, opnieuw zijn adem inhoudend om de paniek te verdringen.

Hij stapt met gebogen hoofd verder, het brood onder de arm, de sandalen in de hand. Op de rug van zijn hemd is een zweetvlek.

Wat verder slaat hij rechts een brandlaan in tussen twee stukken oud dennenbos, het is er koel en een eind in de brandlaan staat een kleine Zweedse bungalow op een heuveltje tussen de dennen. De planken van de bungalow zijn ruw en vers geteerd.

Harry gaat het bos in en klimt de heuvel op. Hij komt aan de bungalow, geeft een trap tegen de deur, gaat naar binnen en gooit het brood op de tafel. Over de houten vloer liggen overal lege sardineblikjes verspreid en naast het bed pocketbooks. In een hoek staan lege flessen van Chianti, cognac, gin en whisky. Op de tafel staat een volle tweeliterfles Chianti en een draagbare radio. De tafel ligt vol broodkruimels.

Er staat een rond potkacheltje met ernaast een mand droge denneappels en een keurig opgetaste hoop gezaagde berkestammen.

Harry veegt het zweet van zijn voorhoofd met een handdoek die op de stoel hangt, betast zijn zwarte stoppelbaard en wuift met een paar brede zwaaien de tafel schoon, haalt een mes uit zijn zak, knipt het open en snijdt zorgvuldig twee dikke sneden van het brood. Hij ruikt eraan, snuffelt en glimlacht. Hij kijkt rond, haalt de schouders op, gaat naar het bed toe met vuile lakens en dekens ordeloos door elkaar en trekt een houten kist vanonder het bed uit.

Hij rommelt wat in de blikjes corned beef, sardines, spam, Weense worstjes en haalt er na wat aarzelen een blik sardines uit, zoekt de sleutel en draait het handig open.

Hij gaat aan de tafel zitten, veegt de handen af aan zijn blue jeans, ontkurkt de fles Chianti en giet een scheut in een bierglas.

Hij begint te eten. Hij stopt zijn mond vol brood, prikt met een vork een stukje sardine uit het blik, kauwt en kauwt en spoelt alles door met een grote slok wijn. Al etend schenkt hij het glas boordevol en drukt op een knop van de radio. De muziek komt on-middellijk door. Het is pianomuziek. De vierde pre-lude van Chopin.

Harry houdt op met kauwen. Hij houdt zijn adem in en sluit de ogen en luistert. In zijn maag komt weer dat holle gevoel en zijn gezicht vertrekt alsof hij er-gens pijn voelt. Hij legt de vork neer en drukt de knop van de radio in en dan is het stil.

Hij opent zijn ogen en kijkt verbaasd, verwilderd de kamer in, dan door het raam met de dennen, het bos, de zon. (Ze zijn ruig en grauw ondanks de zon, en hoger bruin en nog hoger hebben ze schilfers en wie-gen ze, en er is altijd wind in dit land en wat ga ik doen als het koud zal worden en dagen- en nachtenlang zal regenen en waaien en het koud zal zijn?) Hij staat moeilijk op, laat zich neer op het bed en gaat op zijn buik liggen, zijn gezicht in het kussen.

... 13 JUNI 1959. HIJ KWAM DE DANCING 'Chez Laurent' binnen. Hij liet de klapdeur los en er woei hem een zwoele lucht van zweet, verschaald bier en sigaretterook tegemoet. Op een houten verhoogje zaten de leden van de jazzband hun hals droog te wrijven met handdoeken en ze dronken bier uit beslagen flessen die twee boys met smerige schorten hun aanreikten. De dans was net uit en de negers en negerinnen drongen lachend naar hun plaats aan de tafeltjes rond de betonnen dansvloer vol sigarettepeukjes, biercapsules, slierten serpentines en schulpen van aardnoten.
Hij stond stil en keek rond. Er zat nergens een blanke. De negers kregen hem plotseling in het oog en hij dacht, ze zijn nog niet gevaarlijk, het is nog te vroeg in de avond.
En toen zag hij haar zitten aan een tafeltje tussen de leider van de jazzband, een mulat, en de secretaris van de inlandse wijk, o dat onuitstaanbare zakje. En ze zag hem ook en ze maakte een wuivend gebaartje met de hand en glimlachte en hij zag haar witte tanden en voelde dat verlammende gevoel naar zijn knieën zakken.
Hij kwam over de dansvloer en zag enkele negers elkaar met de elleboog aanstoten. Het werd stil in de zaal. Hij voelde de vijandige blikken van de negers in zijn nek.
De mulat stond langzaam op van zijn stoel en boog glimlachend. Hij gaf de mulat een hand, daarna haar, tenslotte de secretaris en hij ging zitten.

De negers hielden hun adem in, bespiedden hem, wachtten af. Het was nu zeer stil. De mulat keek even schuin de zaal in, kuchte nerveus, loerde naar alle kanten en trok haast onmerkbaar zijn wenkbrauwen op naar de gitarist op het verhoogje, die hem heel de tijd aandachtig in het oog had gehouden. De gitarist sloeg een reeks akkoorden aan en begon te zingen 'motema mwa ngai, o Marie mokéééééé'*, met een hoge kopstem. Niemand in de zaal bewoog. De gitarist maakte grimassen, klokkende keelgeluiden, obscene rolbewegingen met zijn buik, trok zijn mond ver open en speelde verwoed op de gitaar, maar niemand bewoog. Toen stond de mulat op, knipte met de vingers, de gitarist hield op met spelen en de mulat keek loens de zaal in, dook plotseling in elkaar, sprong overeind, hief één been op als een hond en liet een lange vochtige wind.

Een vrouw schoot in een schelle lach, een paar mannen proestten en een seconde later barstte het gejoel los en de gitarist en de drummer en de trompettist zetten opnieuw 'motema mwa ngai, o Marie mokéééééé' in, nu zeer luid en vals en de negers stonden nog hikkend van het lachen op, namen elkaar bij de vingertoppen en begonnen ernstig te dansen.

'Wat mag ik u aanbieden, monsieur l'administrateur?' riep de mulat boven het gejank van de trompet uit.

'Bière,' zei de blanke achteloos met een snelle blik op haar (ze hééft het, ja ze hééft het, een vrouw die hèt heeft is een godin, een man kruipt dan en aanbidt, wordt slaaf, hond, soms koning, soms God, die mulat is gevaarlijk).

* 'dat hart van mij, o Marietje'

'Boy, een fles Primus, ijskoud, voor de administrateur!' riep de mulat opgewekt naar de tapkast, waar de boy slaperig op een kist bier zat. Hij stond langzaam op en trok de koelkast open, die vol flessen zat. 'Ik kom van je musiki genieten,' zei de blanke in plat Lingala tegen de mulat, die zijn ogen niet van de jonge mooie negerin af kon houden. Hij begon te giechelen en zei: 'Dat is *gentil* van u, het is waarlijk een gróót genoegen voor me dat u van m'n musiki komt genieten.'

De boy kwam met de vochtige fles Primus en een glas omgekeerd op de hals, wrong de capsule eraf met een sleutel en hield het glas schuin. Het was vettig.

'Cheerio, monsieur l'administrateur,' zei de mulat vrolijk en hief zijn glas op.

'Cheerio, madame, messieurs,' zei de blanke.

'*Mademoiselle...*' zei de negerin lui, haar ogen recht in de zijne. Haar stem was laag en gutturaal.

De blanke dronk en dacht roekeloos, het eerste dat ik ooit bij die verdomde vrouw doe, is in dat tootje van haar bovenlip bijten, o, ik moét haar hebben. Hij loerde opzij. Schuine ogen, dacht hij wild, platte ogen met gekrulde wimpers en rimmel en een zwarte zijden hoofddoek, of satijn? of taffetas? en een huid als oud brons, glad en stevig en rose lipstick en dat godverdomde kantje aan die bustehouder. Hij voelde weer dat wurgende gevoel in zijn keel. Hoe lang is het nu geleden dat ik nog een vrouw zag met zwart ondergoed? Zou ze een zwart broekje aan hebben, zwart op een bruine huid is om je zinnen bij te verliezen.

Ze goot langzaam haar glas vol uit zijn fles en dronk met kleine teugjes. De mulat wierp een valse blik op haar, dan even op de blanke, glimlachte vaag, mom-

pelde 'excousez' en stond op, haalde een stokje uit
zijn jaszak, schoof tussen de dansers door naar het
verhoogje en begon zwierig de maat te slaan en luid
'allez, allez!' te roepen naar de dansers, die schuifel-
pasjes maakten met schokkende heupbewegingen en
intussen de schlager meezongen.
De ineengedoken secretaris keek schichtig, trok zijn
vlinderstrikje recht, pulkte de manchetten uit de mouwen van zijn jas, zei 'excusez' en schoof zijn stoel achteruit.
De blanke haalde zijn schouders op, ging op de stoel
naast haar zitten, nog warm van de secretaris en zei
'hello' met een diepe zucht en glimlachte. Hij rook
haar geur, de vrouw, en hij voelde het komen.
Ze haalde een pakje Belga uit haar handtas, tikte er-
tegen. Hij nam er een uit, stak ze aan en gaf ze haar.
Ze inhaleerde.
'We hebben de pest, geloof ik,' zei hij grinnikend, na
de eerste lange haal.
'Die pennelikker is een còn,' zei ze in goed Frans, de
sigaret los tussen haar lippen, 'faut pas t'en faire.'
Hij dronk zijn glas leeg. Zij ook. Ze bekeken elkaar
en glimlachten. Hij ging verzitten want het deed pijn.
'Wat drink je,' zei hij.
'Wat jij drinkt.'
'Whisky?'
'Vas-y.'
Hij maakte een teken naar de boy, die knikte en op-
stond.
'Waar heb je altijd rondgehangen, jij,' zei de blanke,
'in Léo?'
'Mmm, waarom?'
'Je praat te goed Frans.'

'Bah, 'k heb zowat overal rondgehangen.'
'Ik heb je anders nooit in het stadje hier gezien.'
'Mm. Pas een week hier. Met de boot uit Stan.'
'De vrouwen van de inlandse wijk zullen niet weinig
woest op je zijn. Met één slag miss Mabila...'
'Faut pas s'en faire.'
'Jij kent de Ngwandi-vrouwen nog niet.'
'Ken *jij* ze dan?' zei ze met een flauwe lach, brutaal
rook in zijn gezicht blazend.
'*Basi balinganaka te*,' zei hij in archaïsch Lingala, sle-
pend, melodieus, zoals notabelen op een clanbijeen-
komst voorouderlijke spreuken citeren.
'Waarom plegen vrouwen nooit van elkaar te houden?'
'Dat is nu eenmaal zo.'
'Ga weg.'
'De waarheid, mijn kop eraf,' en hij ritste met een
wijsvinger over zijn keel.
'Je praat als een zwarte. Plegen, hiehie...'
'Ga weg.'
Ze lachte hem lief, koket toe en hij voelde het op-
nieuw en de boy zette voorzichtig twee high-balls op
het tafeltje en hij betaalde en de boy boog en lachte
en zei: 'Melci missié.'
'Mademoiselle...' zei de blanke.
'Chin-chin, monsieur l'administrateur.'
Ze schoten samen in de lach en dronken en daarna
slingerde ze het blokje ijs rinkelend in haar glas rond.
Hij loerde opzij en zag de mulat huppelend de maat
slaan, onverwacht lenig voor zijn omvang. Die mulat
is gevaarlijk, dacht hij opnieuw, dat stuk ongeluk is in
staat om een moord te doen voor die vrouw. Ik moet
op mijn hoede zijn als een dier. En het eerst toeslaan.
Anders verspeel ik mijn kans en ik moet haar hebben,

o, ik moét haar hebben, het katje, het diertje, het duifje.

Hij keek naar de hanger in haar oor met het gaatje. Waarom heb ik een onweerstaanbare aandrang om in alles van die vrouw te bijten? Dat lelletje zal zeker koel en dun zijn en aanvoelen als zijde en ook de huid van haar rug, koel, maar lauw in de plooien.

Over haar bruine armen lag een violette schijn. Aan de schouder was een dik rond littekentje.

'Waar heb je dat vandaan?' zei hij en wreef even met zijn wijsvinger over het plekje.

'De gesp van een broeksriem...'

'Een man?'

Ze trok de wenkbrauwen op en klikte met haar keel.

'Getrouwd?'

'Eénmaal geprobeerd... de moeite niet...'

'Nou...'

Ze bekeek hem schuin en lachte spottend, duwde speels tegen zijn arm.

Hij bewoog niet, maar moest tweemaal slikken. Hij kuchte en zei hees:

'Is díe daar... euh...?' en hij maakte een teken met het hoofd in de richting van het verhoogje, waar de mulat woeste gebaren maakte en met open mond gilde en de dansers geweldig aanvuurde.

'Díe? Nééé!...' riep ze met een verachtelijk gezicht en duwde de sigaret uit tegen de rand van het tafeltje.

'Leugen.'

'Mijn kop eraf,' zei ze met hetzelfde gebaar over haar keel.

'Hij zit achter je aan als een... een...'

'Als een wat?...'

'Laat vallen.'

14

Ze dronk dromend haar glas leeg, gooide de ijsbrokjes onder de tafel en schoot opeens in een luide lach. Ze knipte met de vingers. De boy kwam af.

'Double scotch?'

'Vas-y.'

'Twee makassi-makassi,'* zei de blanke tegen de boy, zijn twee vuisten tegen elkaar slaand. De boy lachte zijn witte tanden bloot en klakte met de tong.

'Kom jij anders vaak in de bars van de inlandse wijk?' vroeg ze na een poos.

'Nee, niet zo vaak.'

'Ça va! Een knappe vent als jij...'

'Een man moet niet knap zijn. Als hij maar sterk is. Maar grieten als jij lopen er niet zo dik.'

'Je bent een toffe.'

'Ça va!'

Ze keek hem vlak in zijn ogen en zette haar lippen in een tootje, wiegde met het hoofd en hij voelde het zweet onder zijn oksels branden, van zijn flank rollen.

'Verveel ik je?'

'Nee, je bent een toffe. C'est tout. Ik ben gek op toffe venten. Ik houd namelijk alleen van toffe venten. Knappe toffe venten.'

De boy zette de high-balls op het tafeltje. Hij betaalde.

'Chin-chin, Julie.'

'Chin-chin, mijn naam is eigenlijk Marie-Julienne.'

'Voor mij ben je Julie.'

Ze wiekte even met de ogen, een vage glimlach om haar mond.

* dubbele

'En hoe heet jij, blanke?' vroeg ze kort, hees.

Hij ademde diep. Zijn lichaam trilde.

'Henri,' zei hij, 'Harry pour les dames.'

'Voor mij is het Harry. Kortweg Harry. Harry-de-toffe-vent. Harry-de-knappe-toffe-vent.'

Ze legde een warme hand op zijn knie en hij schoof zijn stoel naderbij en voelde zich ijl en koud en heet met vlagen. Haar knie rustte warm en vast tegen de zijne. Haar vingers waren lang en fijn (nooit had hij bij een negerin zulke fijne handen gezien), de huid was glad en toch korrelig en zacht en los aan de kootjes. De amandelvormige nagels waren zeer verzorgd en puntig en rood als robijnen. Ze droeg een ring met een ovale groene steen.

Ze streelde zijn hand, plukte aan de haartjes, trok eraan, streek ze glad.

'Een dans?'

Ze kneep in zijn hand, legde ze op haar warme dij, en zei bijna onhoorbaar:

'Dan zit het erop...'

'Waarom?'

'De mulat...'

'O,' zei hij.

Opeens voelde hij zich slap, leeg, misselijk, de whisky brandde in zijn maag. Hij trok langzaam zijn hand weg, maar met een katvlugge beweging legde ze haar terug, hoger, bijna in de liesplooi en begon achteloos met de haartjes van zijn dij te spelen, ze te vlechten.

Het orkest besloot de reeks chachacha's met een langgerekte hoge trompetstoot en de zwetende dansers drongen wild naar hun plaats. Een lange neger begon met zijn vuisten op een ijzeren tafeltje te bonken en

rauw 'o Marie mokéééé, nakosiba libolo na yooooo!'*
te zingen. Heel de zaal schoot in een bulderende lach
met hoog gegil van de vrouwen die hier en daar buik-
dansen begonnen uit te voeren op de maat van ritmisch handgeklap. De mulat droogde zijn zweet af
met een gele badhanddoek, dronk staande een paar
slokken uit een fles, kletste het schuim op de vloer en
kwam naar hen toe, wuivend naar alle kanten, een ver-
starde lach op zijn gezicht. Onder de oksels van zijn
smokingjas waren donkere zweetvlekken.
Ze fluisterde: 'T'en fais pas, chéri,' en kneep even
hoog (o, ik sla die ellendeling op zijn smoel) in zijn
dij.
Hij ademde diep, zijn hart sloeg een paar slagen over,
Mbamba dacht hij (heel even maar) en de mulat schoof
zijn stoeltje krijsend over de cementvloer naast haar,
fluisterde wat in haar oor, (hond, dacht hij), maar ze
maakte een ontkennend keelgeluid.
'Wat drinkt u,' zei de blanke tegen de mulat, zacht,
vriendelijk, o de hond!
'Bier,' zei de mulat, 'en madame ook een bier.'
'Voor mij whisky, als het niet te veel gevraagd is,' zei
ze, haar nagels bekijkend.
'Boy!' riep de mulat, de ogen in spleten, een gemene
trek op zijn breed, plat gezicht.
Ze bleef onverschillig, weer die vage glimlach om haar
mond.
'Twee bier en één whisky,' zei de mulat tegen de boy,
die reeds boog.
'Twee whisky en één bier,' zei ze snel.
De boy lachte schaapachtig, krabde weifelend aan zijn

* 'o Marietje van mij, ik zal 'm in je kutje steken!'

achterste, keek van de een naar de andere. De blanke bewoog niet, hield zijn adem in. Smeerlap, dacht hij, os. Als je die vrouw nog eens met je vette bruine poten aanraakt, veeg ik je smoel uit met een bierglas. 'Twee whisky en één bier,' zei de mulat dan met een scheve grijns tegen de boy. Zijn pupillen hadden zich samengetrokken als van een kat. 'Lieve dames moet je altijd gelijk geven, n'est-ce pas?' zei hij tegen de blanke, legde een hand op haar arm, fluisterde iets in haar oor in het Kikongo. Ze lachte kirrend en zei iets terug, ook in het Kikongo. Hij streelde haar arm. De blanke rook zijn bieradem. Zijn hart bonkte in zijn schedel. Hij dreef zijn nagels in de handpalmen. De boy zette de nieuwe glazen op het tafeltje, ontstopte met een knal en goot het glas vol schuim.

De mulat giechelde en zei: 'Veel schuim, liefde in de buurt.'

O, varken, dacht de blanke razend, als je het nog één-maal waagt, vermoord ik je. Plotseling voelde hij de lichte druk van een voet op zijn schoen, keek in haar ogen, donkere diepten.

Zijn handen zweetten, heel zijn lichaam beefde als van koorts. Het deed pijn.

Ze dronken elkaar vormelijk toe en de mulat zei wel driemaal 'chin-chin' met een dikke tong, sprong op-eens recht, floot schel op de vingers en het orkest zette een oorverdovende mambo in.

'Excousez-moi oun momang,' zei hij, schoof het stoel-tje krijsend achteruit, het viel om en hij stapte een beetje zwijmelend in de richting van de toiletten.

De deur viel achter hem dicht. Ze zei gejaagd: 'Hij wil met me hier vandaan, Harry-chéri. Kom, vlug, we smeren 'm. Heb j' een wagen?'

'Ja, kom...'
'Welke?'
'Een Ford stationcar.'
'Kleur?'
'Wit.'
Ze houdt haar hoofd koel, dacht hij in een flits, niet
denken, Harry, vooral niet denken, alleen dóen, dóen
als een beest in de jungle. Zijn hart begon wild te
kloppen. Hij stond op, tastte naar het ringetje, nam
de contactsleutel tussen duim en wijsvinger. Ze scho-
ven tussen de dansende paren door. Tegen de klap-
deuren van de uitgang hingen twee kerels met bandie-
tentronies. Blue jeans, basketballshoes en zwarte leren
jasjes, puntbaardjes en hoogopgekamde kuiven.
''n Ogenblikje, administrateur,' zei de ene brutaal,
zonder te bewegen, 'ben jij al toevallig lid van de
M.N.C.-Lumumba-partij?'
Het zijn mannetjes van de mulat, schoot het dwars
door hem heen, o de brutale rotzakken, morgen draai
ik ze de nor in, die M.N.C.-Lumumba is een smoesje
om tijd te winnen. Ik móet hier weg!
Hij keek even achterom. De dansers rockten lustig
door, maar hij vóelde de spanning. Hij stak het con-
tactsleuteltje tussen de lippen en zei nonchalant, inwendig trillend:
'Hoeveel?'
'Voor een blanke is dat vijftienhonderd frank,' zei de
een met een vals lachje, 'en dan mag je na de onafhan-
kelijkheid bij voorbeeld gratis op boot, vliegtuig en in
alle bars van heel Kongo, nietwaar Ambroise?' – tegen
zijn makker.
'Okee,' zei de blanke. Hij dacht, ik moet hier als de
bliksem vandaan, maar betalen dóe ik niet, ik sterf
nog liever dan in zulke omstandigheden te betalen.

Hij bekeek Julie. Hij zag zweetdruppeltjes op haar neus, paniek in haar ogen, ze hijgde. Jiu Jitsu is nog goed voor iets, dacht hij, come on, go ahead.

Hij trok de portefeuille uit zijn borstzak en gaf toen uit alle macht een trap in de onderbuik van de een, die met een hikgeluid dubbelplooide, in elkaar stuikte en bleef liggen. Hij hoorde in een roes de muziek stilvallen, het gegrom van de mannen, het verbaasde ie-ie-ie-ie van de vrouwen. De andere neger stond roerloos met open mond en wijdopen ogen en de blanke greep Julie bij de hand. 'Schop je schoenen uit!' riep hij, stootte de klapdeur open, rende buiten, het was er heet als in een oven, hij haalde rennend de sleuteltjes uit zijn mond en de wagen stond in de zandstraat geparkeerd, hij rukte het portier open, ze vloog erin als een kat, hij zag in een flits een lange gladde dij, een warreling zwarte kant, gaf haar een duw en sprong achter het stuur, trok het portier dicht, drukte de pal van het slot in. Hij boog zich over haar heen, duwde de andere pal in en stak nerveus, hijgend, het dash-boardlicht aan (de vierkante, niet de ronde, kalm, kalm, omhoogdrukken, anders springt het contact niet in).

De eerste steen sloeg een ster in het windscherm, andere vlogen tegen het koetswerk aan (o, de smeerlappen), hij keek en zag de mulat komen aanlopen, een lang slagersmes in de hand, gevolgd door de menigte die uit de dancing naar buiten drong. De starter sloeg aan, zoemde door (wachten tot het gezoem weg is, kalm, kalm), de mulat botste tegen het portier aan, rukte aan de kruk, bonkte met zijn vuisten tegen het raampje, het mes kraste over de plaat. 'Julienne, Julienne! Kom eruit, Julienne, kom eruit, zeg ik, kom eruit, kom eruit!' schreeuwde hij, gaten in de plaat van het portier stekend, rondspringend als een wilde. De motor sloeg aan, de blanke gaf gas, trok aan de knop, het licht van de koplampen schoot over de straat met keien, kuilen, bulten. 'Julienne!' schreeuwde de mulat, nu razend tegen de voorband schoppend. De blanke koppelde brutaal, de achterbanden slipten, de wagen schoot met een ruk vooruit. Keien vlogen tegen het koetswerk aan. Hij zag in de achteruitkijkspiegel de mulat razend met het mes gooien naar de gele stofwolk, de anderen stenen oprapen en uit alle macht gooien, vuisten opsteken, op hun fiets springen en hem achternakomen, rechtstaand op de pedalen. Hij vertraagde even voor de bocht, bleef in de tweede versnelling en nam hem met gierende banden, kwam slingerend de grote weg op naar het blanke kwartier, trok op tot honderd, de motor huilde, en schakelde over.

Hij keek opzij in een paar witte oogbollen nog vol angst, stak zijn hand uit, ze greep ze, en kuste een voor een de vingers.

Hij trok zijn hand terug en veranderde van versnelling vóór de bocht, trok op.

'Wat een hoerenkans,' zei ze met een nerveus lachje, haar zweet deppend met een zakdoekje.

'Ga je mee naar me thuis?'

Ze bekeek hem week, streelde zijn arm.

Hij schoot opeens in de lach en riep jong, onbezorgd: 'Ha, la jolie Julie, Julie la jolie, ma petite Julie, ma petite folie!'

'Harry,' ze ze zacht, een beetje hees. Ze nam nu zijn arm, kuste lang de vouw van zijn elleboog, zoog.

Hij remde bruusk en zette de motor af.

Hij kuste haar. Jachtig, dan teder. Het speeksel was koel en smaakte goed. Hij beet zacht in het tootje van haar bovenlip. Ze kreunde. Ze hielp hem daarna met de bustehouder.

'Maïskorreltje,' zei hij, 'lief klein maïskorreltje.'

'Hier niet,' zei ze diep in haar keel toen hij zich vooroverboog en woelde.

'Waar dan?' zei hij en keek op en moest slikken en zijn ogen stonden dik.

'Hier niet...'

'Waar dan?'

Ze glimlachte. Hij startte...

Harry draait zich om, gaat op zijn rug liggen, vouwt de handen onder het hoofd en staart naar het plafond. Hij ligt een lange tijd zonder te bewegen en de schaduwen van de dennen worden langer en komen door het raam in de kamer. Hij kijkt opzij naar de schaduwen die langzaam over en weer gaan. (Er is wind, het wordt koel, er zijn misschien wolken, dit zal doorgaan, alles gaat tenslotte door, we zijn overgeleverd, dwalen rond in de eindeloze kooi, op zoek, onophoudelijk op zoek en die keer dat ik me opeens bewust werd van dat verschrikkelijke toen ik de valdeur glijdend, geolied hoorde dichtvallen, denkt hij koortsachtig.)

Hij tast met de hand over de vloer onder het bed en vindt het pakje Players, de lucifers, maakt automatisch de bewegingen. Hij inhaleert diep de eerste haal, sluit zijn ogen en ademt uit. Hij rookt zonder de sigaret uit zijn mond te nemen en staart naar het plafond. Er valt as op zijn hemd.

Als de sigaret op is, gooit hij het peukje de kamer in.

Hij haalt diep adem en bij het uitademen gaat er een zenuwtrekking over zijn mond, hij bijt de kaken opeen en knijpt zijn ogen dicht, slikt iets weg en ademt sidderend in.

Hij buigt voorover, neemt de fles whisky die onder het bed staat, houdt ze omhoog en schudt ermee. Ze is nog meer dan halfvol.

2

Toen ik acht weken (of acht uren of acht jaar?) geleden in Zaventem uit de Boeing stapte, stond ik daar
in die vlakte te rillen in mijn katoenen tropenkleren.
Het regende. Natuurlijk! Een soort sociale assistente
in het blauw met etiketten van het Rode Kruis op
haar mouwen vroeg: 'Qu'est-ce-qu'on peut faire pour
vous, monsieur?' Ik zei: 'Vlaams spreken, godverdomme,' en liet haar staan. 'Quel mufle,' zei ze tegen haar
vriendin.

In de bar van het vliegveld bestelde ik bier en hing op
een barkruk aan de tapkast met de pint in mijn hand,
verwezen alsof ik pas leeggeschud in de goot wakker
werd. Het barmeisje keek eens schuin naar mijn geschramd gezicht. Toen kreeg ik iets in het oog. Het
symboliseerde België. Een vent in stofjas was met oneindige zorg een doorschijnende reclamepatch van
Spa-water op een koelkast aan het plakken. Ik keek
gefascineerd toe. Toen het eindelijk klaar was, bekeek
hij vanop een meter of drie het effect, knikte tevreden
en haalde een lijst uit zijn zak, zette zorgvuldig een
kruisje achter de koelkast-van-de-bar-van-het-vlieg-
veld en lachte vergenoegd. Hij zei iets tegen het barmeisje, lachte weer en ze lachte ook en toen zette hij
zijn deukhoedje op, nam zijn tas en weg was hij.

Ik heb betaald en toen ik buiten kwam, kreeg ik de
kille wind in mijn gezicht en ik klappertandde en zelfs
de volgende dagen, toen het volgens de Belgen lekker
warm was, had ik het koud en toen het enige dagen

echt fijn was, veegde iedereen zijn zweet af en maar blazen van: 'Wat is het drùkkend, het zou absoluut eens moeten régenen.'

Gesprekken (een woord voor nonsens) beginnen hier altijd met: o wat is het weer een weer, o het regent weer, o enzovoort. Neem een bloemlezing uit gesprekken van een normale Belg op een bandrecorder op en na vijf minuten lig je te ronken.

In België op vakantie heb ik me altijd gevoeld als een toerist die door zijn reisbureau bedrogen werd. Toen het eindelijk tot me doordrong dat ik nu voorgoed gerepatrieerd was, voelde ik voor het eerst van mijn leven paniek. Zoals een luipaard zich moet voelen als de val dichtklapt. Ik kon niet meer ademen. Het was me overal te eng. Ik stikte. En dat lawaai. En al die mensen. Overal mensen, mijn broeders. Het krioelde van broeders, die me stom als vissen voorbijliepen.

Ik heb geen ouders meer en geen familie die me interesseert. Dan maar op een hotelkamer in Antwerpen, mijn vaderstad. Flaneren. Pocketbooks kopen. Hele middagen in bioscoopzalen, maar goede films krijg je daar zelden te zien. Café-filtres slurpen in de aquariums van de De Keyserlei. Vol dames op leeftijd, sigaret, porto, één ronde nylonknie met een royaal stuk dij, luie taxerende ogen. Je zit ineengedoken de voortsnellende robotten na te kijken. Slurpt koffie. Vlucht. Dancings. Altijd dat helse lawaai van de jukeboxes. Met een grietje aanpappen. Je papt aan, maar het vlot niet. Geen contact. Je weet niet waarom, het gáát eenvoudig niet. Als je vrouwen hebt gehad als... Dan maar ronddwalen, eenzaam, er is niets zo eenzaam als een wereldstad bij nacht.

Ik herinnerde me nog een kameraad van vroeger, Eddy. Maar hij was intussen getrouwd en zijn vrouw keek me bij het eerste bezoek na een paar uren buiten omdat we samen een fles Bols matroos hadden gemaakt en ik tijdens de demonstratie van een wilde negerdans as op haar tapijt had gemorst. Een goeie raad, laat getrouwde vrienden vallen. Zijn vrouw was bovendien de moeite van het bekijken niet eens waard. Het moedertype met een laag gepantserd achterwerk en dikke benen.

Enfin, je kunt niet eeuwig op hotelkamers blijven hokken en ik heb dan maar een bungalow gehuurd in de dennenbossen, ergens in een verloren gat, ver van de mensen. En als ik me eenzaam ga voelen, dan koop ik een kat of een papegaai of een aap. En wat voer je dan die godganse dagen uit? Bah, wat ronddarren met een Lambretta, ik lees te veel, drink te veel, dool in de bossen rond. Daar is het stil. Daar doen je zenuwen geen pijn. Iets dat veel erger is: ik denk te veel na. Denken is nooit goed. In Kongo dacht ik nooit na. Ik lééfde en dat is heerlijk. Een mens heeft een kans op wat geluk als hij zich kan leegwerken voor een taak waarin hij gelooft. Ik heb eens geloofd. Niet lang, maar ik heb geloofd.

Soms zou ik willen schrijven, een gedicht, een roman of alleen maar schrijven, me leegschrijven, want schrijven werkt bevrijdend, maar het vergt discipline en die heb ik niet meer. De Staat kent me nog zes jaar een soort wachtgeld toe, met mijn graad en conduitestaat vrij behoorlijk. Gelukkig, want ik heb geen zin, maar nu eens niet de minste zin om hier aan het werk te gaan. Ik wil zelfs geen *lid* van deze robottenmaatschappij worden. Een paar maal heb ik een advertentie uitgeknipt. Ronkende titels om je te lijmen. Je gaat je

aanbieden, puur uit verveling, een das om je nek, geschoren, tam. Viermaal, geloof ik. Vier stroppen. En
na die zes jaar? Mij een zorg. Misschien bestaat de
wereld dan al lang niet meer of bladder ik af, aange-
tast door strontium-90 of carboon-14. En wat dan
nog? Ik zal tenminste niet alleen zijn. Dan zal ik miljoenen broeders hebben. Eindelijk De Grote Broederschap der Mensen!
Hoe lang ben ik nu al terug uit dat verdomde land,
waarop ik verslingerd was als op een maîtresse met
nukken? Ja, eerst die drie weken in de Tourist, idioot
die ik was, vierhonderd ballen per dag. Dan een halve
maand aan zee, want het was zomer – zómer noemen
ze dat! Heeft me een bom geld gekost. En geen enkele vrouw die me nog bekeek als ik mijn mond open-
deed om te lachen. Met drie voortanden eruit heb je
alleen maar succes bij Gwaka-grieten. Dan maar zon-
nebaden en lezen op het strand als een ouwe pa, driemaal per dag gaan zwemmen en als het regende en 's
avonds in de espresso-bars rondhangen. Nou, daar
heb ik wel wat geleerd. Ik werd kind aan huis in dat
soort beatnik-café. Maar in plaats van de rustige sfeer
van klassieke muziek, bloemen en biscuittaart van het
echte beatnik-kot in Saint Trop' met Pam en de anderen, zat het hier vol woud-be-lost-generation-lege-
lamstralen met veel te grote truien, bleek, een ring-
baard en aan hun pink een griet met kameleonogen,
die af en toe haar blote buik krabt onder een zaktrui
en zichtbaar denkt dat ze B.B. is.
En ik zit wéér bijna blut. Als dat zo doorgaat, zal ik
m'n scooter moeten verkopen. Of minder whisky drinken of goedkoop spul van honderdvijfenzestig frank
per fles, bah. Nee, dan nog liever die Lambretta weg.

Haha, gisteren zeg!

Ik koop het een en ander bij de kruidenier in het dorp, nogal een vlotte kerel, en zeg zo langs m'n neus weg: 'Kun jij soms geen hulpje gebruiken tegen vijftig frank per uur?'

'Hahahahaha nee,' zegt hij, 'ik niet, maar iemand die ik ken wel. Maar leg je boontjes liefst niet te week op vijftig frank, kan je een beetje tuinieren?' Ik zeg m-ja. En hij geeft me een adres. Ik ernaar toe, je kunt nooit weten. Een grote villa, stijl o.w. Mevrouw, erg gedistingeerd, maar wat te plat, wat te week, je kent dat ras, kijkt taxerend naar mijn stoppelbaard en spijkerbroek.

'Kunde kij kras afdoen?' zegt ze. Ik zeg ja en denk godverdomme.

'Marie!' roept ze naar binnen. 'Keef de machine aan den dieje dor.' Dat was te veel. Ik voelde de gal in mijn bloed komen. Wie in de tropen geweest is, kent dat. Het is alsof de duivel in je vaart. Je zou je eigen moeder wurgen.

'Weet je wat je me doet?' zeg ik, terwijl de lucht rood en zwart wordt.

'Hééé?' doet ze onnozel.

'Je hangt me de keel uit,' zeg ik, 'tu m'emmerdes.'

Ze speelt de waardige matrone die de toestand kalm overziet, het zaakje vlug zal afhandelen. Dan doe ik stom. Ik begin te keer te gaan als tegen een neger, maar dat heeft geen effect in de ijle lucht van Europa. Wat eruit kwam, was al even stom.

'Weet jij wel dat ik jarenlang een gebied heb bestuurd met tweemaal de oppervlakte van dit land van mijn kloten? En nu zou je willen dat ik je gazon scheer. Hééé! Zeg 's, zie ik er soms uit als een sláàf?' En nog veel meer.

Ze keert zich om en laat me staan. Begrijpelijk.

Nee, Harry, er zijn geen echte vrouwen meer in dit apenland. Alleen bloedloze schepsels met week wit vlees, zonder ras, zonder pit. Ik had nog halvelings verwacht dat ze zou zijn gaan spuwen en lekker terugschelden en daarna een rondje krabben en bijten zoals haar zusters in Kongo dat kunnen.

No, sir, nothing at all. Ze liet me koudweg staan.

Onze vrouwen van de lage landen aan de zee hebben geen temperament. Ze vergooien het. Ze poetsen, boenen, schrobben en vegen, hun breed achterwerk in de lucht. Ze geven een groenezeeplucht af. 's Avonds zijn ze natuurlijk moe. Wat heb je aan een vrouw die niets waard is in een bed met witte gesteven lakens? Wit wak vel op witte lakens. Om van te rillen. Onze vrouwen zijn verloren. Beschavingsziekte. Een soort kanker. De oorzaak ligt voor de hand. Al eeuwen woedt het christendom over onze landen, voorgoed bedorven door kale denkers, vette priesters, frigide moeders die door zich blind te staren op het Kwade, dat woord, steeds het voornaamste vergaten: leven. Dat begrijp je alleen maar als je ergens anders lucht hebt ingeademd, waar... enfin.

Wel, en na die lamme gazonhistorie?

Ik slenter in de lauwe avond met een brood onder mijn arm naar huis langs een eenzame zandweg tussen de bossen. In augustus kun je de herfst al ruiken aan de grond, de bladeren, de schors van de bomen. Er is niets cafardeuzer dan die zerpe lucht van notedoppen vers uit de bolster.

Dan hoor ik opeens achter mij het gerammel van plaatijzer.

Ik kijk om en daar komt een Citroën 2 pk aangeracet

– een van die geitjes hoog op hun poten – met een open dak. Twee grieten erin, bruin van aan zee, goed gekleed, moordgrieten, vooral die zwarte met haar dikke vlecht. Achter het stuur een blonde, sigaret los tussen de lippen, schuine zonnebril, stijl B.B., de andere precies Françoise Arnoul. Ze stoppen en vragen de weg. Ze hadden wel zin in een praatje, dat merk je vlug, maar ik had dat stomme brood onder mijn arm, liep met een baard van een week en die spijkerbroek. En ik voelde het. Altijd als ik een vrouw zie die het heeft. Ze mag twaalf of vijftig zijn, hoer of non, maar als ze het heeft (dat magische) dan voel je het, lichamelijk en daarna, veel dieper, het eeuwige heimwee van de man.

En thuis draai ik met een zucht een blik sardines open, knijp er een citroen op uit, snij brood, zet de radio aan en begin te eten.

Als de muziek doorkomt, kan ik plots geen beet meer door de keel krijgen. Chopin.

In Kongo, in het oerwoud, in een hut van blaren, eenzaam, heb ik 'm nooit gehad, de cafard. Het is nu al de tweede keer. Het overvalt me plotseling. Het is alsof alles in je kapotgemalen wordt. Gisteren was die godverdomde melodie van Chopin genoeg om me de keel dicht te knijpen. Ik heb de radio afgezet en ben op mijn bed gaan liggen roken, kapot, ziek, mijn zenuwen aan stukken. Ik heb liggen denken aan dat eerste fijne onbezorgde jaar, toen ik niets anders deed dan een weg door de wildernis banen en op groot wild jagen. Dat eerste jaar toen ik alleen maar lééfde.

... 1952. 'HET IS VAN GROOT BELANG voor de economie van dit gewest dat die weg er nu vlug komt,' zei de dikke kale man achter het bureau vol papieren tegen de jonge man met dicht zwart haar in een onberispelijke witte tropenuniform die op een stoel voor het bureau zat. De ventilator zoemde en bracht een golf tocht, maar het steenrode gezicht van de dikke man droop van het zweet en zijn kaki safarishirt met onderscheidingen boven de linkerzak was slap en vertoonde vochtige vlekken. Hij bladerde achteloos in een dossier, rangschikte papieren, maakte ze vast met een paperclip en keek de jonge man tenslotte glimlachend aan met ongewoon heldere blauwe ogen. Buiten op de galerij kraaide een haan, zeer luid en belachelijk dichtbij. '*Plantón*!' riep de dikke man nijdig in de richting van de deur achter zich en wiste zijn zweet hoekig af met een zakdoek. De deur ging open en een neger met een rode fez op, mager als een aap, stak zijn kop naar binnen. 'Administlateu!' riep de neger opgewekt, in de houding springend. De haan kraaide opnieuw. 'Lungula susu mobali oy' azali koboma bisu na makelele na yééé!' * riep hij bars tegen de neger die met een paar lange passen door het kantoor de galerij opschoot. De jonge man dacht, terwijl de haan kakelend vluchtte en de planton luid 'soe-soe-soe' riep en daarna een vreemde stilte inviel: niet denken, Harry, nu vooral niet denken, en hij zei snel: 'Hoeveel geld is er voor dit werk voorzien, mijnheer Van Hee?' 'Geen kwaaie vraag voor een groentje,' zei de dikke man, verstrooid in papieren grijpend, 'nou, om 't even, geld of geen geld, die weg moet er komen en liefst zo vlug mogelijk (wat heeft die man blauwe ogen), nou en heb je je spullen klaar om vandaag of morgen – of wanneer

* Jaag die haan weg die ons doet sterven met zijn lawaai!

31

wil je hier vandaan uit dat kleine rotstadje vol aangeklede apen? – het zal huhuhu minstens voor zes maanden zijn en dan is het uit met koud bier en... en...
maar dat heb ik ook gehad, erger nog, veel erger, ma-
niokbrij, blikjes, blikjes, blikjes, malaria, dysentrie,
anemie, tropenzweren, elk zijn beurt is niets te veel
en pas vooral op voor dysentrie en druipers, het eerste is gevaarlijk, het tweede vervelend, heb je je Rode
Kruiskist al gekregen in het ziekenhuis? Goed nage-
keken, want je moet je niet reeds van bij het begin af
laten belazeren. Bedkoffer? Klamboe? Kijk of er geen
gaten in gebeten zijn door de kakkerlakken, waar ga
je vanavond souperen? Kip met rijst en kerry, lust je
dat? Halfacht bij me thuis. Shorts, geen das, geen
protocol, veel te heet en laat me nu in 's hemelsnaam
wat werken, want de koerierboot ligt te wachten op
de postzakken. Okee? *Plantón!*'
De jonge man stond op, zei iets van 'dank je wel'
maar de ander wuifde dat weg en greep in de papieren.
'Wacht nog een half uurtje op de barza buiten, dan
gaan we samen bij Televantos een whisky snappen.
Okee?' riep hij hem na vanuit het kantoor, waar opeens ergens een schrijfmachine begon te knetteren.
Op de barza zaten zwarte politiemannen tegen de
muur te slapen. Hun gordel was losgehaakt, de fez
stond in hun ogen, ze zweetten. De jonge man ging
op de cementen balustrade zitten en keek met toegeknepen ogen wegens het scherpe zonlicht over het gazon en de oprijlaan met rood grind van het gewestkantoor, de witte mast met de slappe Belgische vlag, naar
de weg langs de beach, de palmbomen met neerhan-
gende bladeren roerloos in de zon, een vrachtwagen
passeerde in een rode stofwolk (Ford, Dodge, G.M.C.?),

negers in verhakkelde kakikleren slenterden voorbij, riepen iets met hoge stem naar een traag heupwiegende hoer met rode lippen en een hoge tulband op het hoofd en een veelkleurige gebatikte sarong aan, die lachte met zeer witte tanden (die vrouwen hebben iets – wat?), naar de lanterfanters wenkte die weer iets riepen, hard lachten en ten slotte schouderophalend doorliepen. De jonge blanke op de balustrade van de barza keek langs de palmbomen van de beach heen naar de rivier, breed, traag, hoog, nevelig aan de horizon met de zwarte streep van dat oerwoud, warrelend van zonlicht, wat een desolaat voorhistorisch landschap, dacht hij en heel zijn lichaam deed pijn, ik voel me zwak en ziek en klein en ondanks de zon en de klaterende lach van die negerjongen daar op de verzengde weg, voel ik altijd maar een drang om in tranen uit te barsten tegen de schouder van om het even wie, o ik moet hier weg, ik houd het hier nooit uit, dit land is als de dood, het is een verschrikkelijk land. Achter hem hoorde hij opeens een stroom gutturaal-rad-rollend Lingala, proestend gelach en geknap van vingerkootjes als stokjes die gebroken worden. Hij keek om en de magere planton – degene die de haan had weggejaagd – vertelde iets aan een politieagent die het hoofd schudde en altijd maar 'ie-ie-ie-oo, ie-ie-ie-oo' riep met klokkende keelgeluiden, intussen achteloos zijn ballen krabbend, hij was lang en mooi en nonchalant in zijn bewegingen als een jonge leeuw. Opeens kreeg hij de jonge blanke in het oog die hem van op de barzaleuning zat te fixeren. Er kwam iets als paniek in de ogen van de neger, ze schoten van links naar rechts, hij klikte zijn gordel vast, schoof de fez recht en sprong in de houding.

'Mondele mboka...'* zei hij hortend. Zijn stem was vreemd schor. Hij stond onbeweeglijk in de houding. Het zweet drupte van zijn kin. Zijn onderlip beefde. De jonge blanke bekeek hem en glimlachte aarzelend, maar de neger bleef stokstijf in de houding staan en East is East... dacht de blanke in een flits, maar weerhield zich en keek verward opzij naar de rivier, de horizon, het oerwoud...

Harry

Wat die dikke zwetende vent daar met een huhuhu zei van die zes maanden, was godverdomme nog de waarheid ook. Het groentje werd met een gammele vrachtwagen honderdveertig kilometers diep de brousse ingestuurd, heel zijn rommeltje in een paar ijzeren koffers, blikjes voor enkele maanden en bovenop die rammelende schokkende koffers een doodsbenauwde boy, een lange kerel met spillebenen en een te klein deukhoedje op, Timotheus. Ik had hem voor tweehonderd frank en de kost aangeworven.

'Ik eielen bakken,' had hij met zijn ogen dicht gezegd, 'arre manielen, spiegerei, loelei, omeret, pannekoek, àrres, zo is het missié, en flites-maryonaise-kip, bloodsarami-vinho, blood-saldienen-café, àrres, zo is het.'

Ik ben die dikke vent nog altijd dankbaar dat hij me zo brutaalweg de wildernis heeft ingestuurd. Na die zes maanden was de weg af en ik definitief ontgroend, aan het land gewend, erger, gek op dat land.

Om volledig te zijn: voor die weg was geen duit meer beschikbaar. De baas had met het krediet andere dingen gedaan. Later vernomen: een ultramoderne opera-

* blanke van de Staat...

34

tiezaal voor het inlandse ziekenhuis aangekocht. Rechtstreeks uit Duitsland. Clandestien. Natuurlijk. Goede gewestbeheerders werkten altijd op die manier. De enige goede manier in dat land. Maar die fameuze weg is er dan toch gekomen. Op de vrachtwagen lagen buiten mijn boeltje nog een vijfhonderd schoppen zonder steel, honderd houwelen, wat bijlen, een ton klipzout in lange dunne zakjes en vijf kisten blauwe 'Albert', zwaar spul, maar de beste sigaretten ter wereld als je er eenmaal aan gewoon bent, ongeveer zoals Gauloises.

Voor het vertrek had de baas gevraagd of ik uit de voeten kon met een geweer. 'Ja, meneer, waarom?' vroeg ik. 'Een gelukje, anders had je het met scha en met schande moeten leren,' zei hij, 'die streek daar barst toevallig van de buffels, olifanten, antilopen, wilde zwijnen en zo en de nikkers zien er scheel van de honger. Je zult moeten werken met drie- à vierhonderd man zonder een cent krediet, maar dat is niet erg. Schiet elke dag minstens je tien stuks zwaar wild dat ze zich 's avonds kunnen volvreten en je weg zal er komen. En houd de wijven tam met zout. Leg het asjeblief alle dagen in de zon, anders drijft het weg na een week en pas op voor het jatten, want op zout zijn ze razend. Hier heb je een 10.75 van de Staat en duizend patronen. Onderteken deze bon even. Die tweede trekker span je zo, en let op, want de eerste gaat dan af bij de minste aanraking, kijk. Niet vergeten dagelijks de loop te oliën, want het is daar verrekt vochtig zoals overal hier. Als eerste werk laat je een behoorlijk grote hut bouwen voor jezelf en ik zal je een stelletje politieagenten aan de hand doen, potige gasten die het klappen van de zweep kennen, huhuhu, want het opperhoofd Matuy is een zuiper en een vrouwengek, niets waard, je zult het vlug genoeg merken, ik zou hem willen afzetten, maar er is voorlopig geen betere voorhanden. Na veertien dagen kom ik wel eens kijken hoe je het maakt. Als ze het vertikken, dan roep je maar: 'Police, geef 'm er acht op z'n kont,' tegen één van je gasten en dan zal het wel vlug loslopen.

Natuurlijk zul je de nikkers behoorlijk achter de veren moeten zitten ondanks al dat vlees. Ach ja, altijd hetzelfde liedje, ze begrijpen niet waar je naar toe wilt, een bende kinderen. Die weg zal godverdomme hun jaarlijkse gemiddelde inkomen vertienvoudigen, een feit dat je hun trouwens niet aan het verstand moet proberen te brengen, de beschaving gaat er zonder dat wel in langs achteren met een reep nijlpaardehuid. Overdrijf niet, maar wees vooral niet te zacht, want dan gaan ze je voor halfbakken aanzien en je verliest er voorgoed je prestige bij. Ze hebben alleen respect voor krachtdadig gezag, vergeet dat nooit, laat ze niet aan het woord want het zijn geboren babbelaars en je verliest er je tijd maar mee. Beste kerel, ik kijk alleen naar resultaten, niet zo erg hoe je ze bereikt. Maar let op voor palavers met lijken. Een lijk stinkt en als de reuk in de neus van Coq'stad of erger nog Léo komt – waar het notabene barst van zogezegde negrofielen met zijden pakken waar de negers schijt aan hebben – dan valt heel de janboel op je verdommenis en dan vlieg je d'eruit want dekken kan ik je niet tegen die bende klo... hùm enfin, je krijgt zes maanden voor die weg, maar als je het op minder tijd... Enfin, boks dat zaakje voor mekaar zo goed als je kunt, het zal in ieder geval een goeie stage zijn.

Eén raad, als je zin hebt in een zwart bijslaapje, neem dan asjeblíef een ongetrouwde en pas op voor koffie-en-melk, dat is te stom als je later eventueel met een blanke trouwt, ik kan je staaltjes vertellen... Een twee-de raad, maar dat blijft onder ons: zoek nooit herrie met de missiepaters, want dan breek je je poten. Good luck.'

Dat was de toespraak die mijn baas, administrateur Van Hee, me gaf op de barza van het gewestkantoor, terwijl de chauffeur van de vrachtwagen een emmer water in de kokende radiator goot. Het was heet, ik stapte in, verbrandde de onderkant van mijn dijen aan de zitting en de chauffeur klemde het portier vast met een stuk verbogen betonijzer.

Toen we na twee dagen geradbraakt in Bokombo aan-kwamen – we hadden drie houten bruggen moeten laten repareren en hadden wel vijf keer tot aan de as in de modder gezeten – was ik belabberd en doodmoe en in een rothumeur. Dit laatste was de redding van mijn prestige, waar Van Hee het over had in zijn toe-spraak. De oude capita* die me met een uitgestreken tronie kwam vertellen dat er helaas niemand in het dorp was plus nog een heleboel smoesjes, werkte zo zwaar op mijn zenuwen, dat ik hem bij zijn broeks-riem stekte en in gebroken maar zeer schilderachtig Lingala toebrulde dat ik nom-de-Djé te vréten en een huis en waswater en morgenvroeg appèl van alle man-nen eiste, zo niet, acht op je luizige kont, begrépen!'

De vent slikte zijn speeksel in, krabde verschrikt zijn aars en draafde weg, woest met de armen zwaaiend en ratelend in een onverstaanbaar dialect.

* dorpshoofd

Het bleek ingeslagen te hebben, want na een uur was het dorp één en al leven en gelach, de vrouwen hadden grote teilen proper water voor me gehaald, mijn boy had een massa brandhout, eieren, kippen, ananassen, sinaasappelen en stond grijnzend een haan te plukken, omringd door een bende grijsbestoven kinderen die om de darmen bedelden.

En die avond zat ik, fris gebaad en geschoren en mijn buik vol in een fauteuil op de barza van de oude capita, de suizende colemanlantaren aan een houten haak boven mijn hoofd. De avond was heerlijk koel, er waren bijna geen insekten en toen ik mijn draagbare radio aanzette, begonnen de vrouwen en meisjes in de handen te klappen en te dansen en oorverdovend te zingen en de mannen kwamen om sigaretten bedelen.

De chauffeur kende een mondje Frans en vertaalde dat ik de nieuwe weg kwam banen en dat ze alle dagen buffelvlees zouden krijgen. De oude capita hield een lange toespraak, fel toegejuicht en de chauffeur vertaalde dat men graag het bewuste geweer eens zou willen bekijken. Toen ze zagen dat er vijf patronen in gingen, maakten ze knakgeluiden met hun vingers, spuwden op de grond en piepten: 'Ie-ie-oooo, ie-ie-oooo, ie-ie-oooo,' heel hoog.

Een grote gespierde kerel kwam naar voren, sloeg zich op de borst en zei: 'Ik Mabembe, ik chasseur. Ik bùffers weten, veel, veel, veel, zo is het.' Ik zei in mijn keukenlingala: 'Morgen, bàng, één buffel, bàng, twee buffels, bàng, drie buffels,' en de bende juichte en klapte in de handen, de kinderen maakten een vreugdedans en rolden door elkaar over de grond in het stof als jonge honden en de oude capita hield weer een lange toespraak en gaf me twee eieren. Ik kende nog niet genoeg Lingala om te antwoorden, maar deelde handenvol sigaretten uit van de staatsvoorraad en zei tenslotte tegen de chauffeur dat ik nu ging slapen en hun allen een goede nacht wenste. Hij vertaalde het en ze begonnen te brullen en 'té té té té' te roepen en de chauffeur zei hikkend van het lachen: 'Zij niet willen blanke gaat maffen, zij willen musiki.' Maar ik viel om van de slaap, zette de radio af en droeg de colemanlantaren naar binnen in het snikhete slaap-kamertje. De mannen trokken langzaam af, druk ro-kend en lachend, maar toen ik even buiten kwam om te wateren, stond de barza vol drummende giechelen-de negerinnen. Het rook er naar muskus en warme zwetende lijven. Ze moesten ook sigaretten hebben van hun man, zeiden ze, en toen ik er uitdeelde, gin-gen de getrouwden weg maar de jonge grietjes bleven. Toen ik tenslotte naar binnen ging en de deur sloot, barstte er een schel gejouw los. 'Hoehoe het kind, de slappeling, de administrateur-zonder-kloten hoe-oe-oe-oe-oe!' tot de capita de bende snauwend uiteen-joeg.

En de volgende morgen om halfzes kwam ik uit de hut en het dorp was al vol leven en in de frisse, zon-nige ochtend ging ik een kijkje nemen. In de palmen koerden wilde tortels, overal was gelach en gestoei van kinderen, geklop van houten stampers in mortie-ren, kraaiende hanen, vriendelijk groetende vrouwen en mannen gehurkt rondom de vuurtjes, zich krab-bend, geeuwend, grinnikend: 'Wel, wel, daar hebben we onze nieuwe blanke...'

In pyjama, blootsvoets wandelend door het dorp in de savanne, mijn eerste Afrikaanse ochtend, ben ik opeens hevig van het land gaan houden, het was een jeukende stroom dwars door me heen, de tranen sprongen me in de ogen en er kwam een krop in mijn keel. Eén van de zeldzame ogenblikken dat het brandglas àlle stralen samentrekt, een onderdeel van een seconde, misschien nooit meer daarna.

Later begreep ik administrateur Van Hee, die tijdens de avondborrel eens zei: 'Ik ben ervan bezeten, van die hoer.'

Van Hee was zeker de vent niet om bij een borrel tranerig te beginnen te doen. Hij was van het slag dat uit roeping kaper, circusacrobaat of berggids wordt. Het was een prachtkerel. Tijdens elk bezoek bracht hij verse groenten en fruit uit zijn tuin mee, kranten en tijdschriften, hier pak aan. Wat? Tut-tut-tut. En een fles whisky die we samen matroos maakten. We wandelden 's avonds altijd door het dorp, hij zijn zakken vol met snoepgoed om aan de kinderen uit te delen, rollend bili-dialect pratend, kolanoten krakend met de oude venten, pruimend, paars sap spuwend, lelijke tandeloze wijven op de rug kloppend dat ze mekkerden als geiten van pret, proevend van hun vieze kooksels in aarden potten, de zuigelingen van jonge moeders overnemend, hun snotneus met zijn zakdoek afvegend, gekheid verkopend met de jonge meisjes. Kalm, joviaal, vanzelfsprekend.

Hij aanhoorde hun palavers met eindeloos geduld, rookte intussen dromend een pijp terwijl hij een andere stopte met een dikke bruine wijsvinger, zei tenslotte *hùm*, stak een hand op en beslechtte het palaver in eindeloze uiteenzettingen, ritmisch beaamd door in een kring neerhurkende notabelen. 'Ik kom hier op vakantie,' zei hij altijd, 'je kunt niet geloven hoe het me ontspant nog eens met echte goeie ouwe wilden te praten. In de gewesthoofdplaats krioelt het van de aangeklede chimpansees, geparfumeerd als hoeren en ze vertikken het gewoon nog Lingala te praten als ze twee woorden oerwoudfrans kunnen haspelen. En pretèntie!'

Hij had een dikke inlandse vrouw, Marie. Ze vergezelde hem overal. 'Ze bestuurt mijn gewest,' zei hij, sloeg dan op haar brede heupen dat ze haast stikte van de lach, al haar puntig gevijlde tanden bloot. 'Dank zij haar doe ik nooit stommiteiten,' zei hij nog, 'in ons beroep wordt elke vergissing betaald, Harry, luister naar de woorden van een ouwe rot die dit land kent en die promotie weigerde om hier gewestbeheerder te kunnen blijven. Waarom een brede balk op mijn epaulet verkiezen boven een stukje Kongo waarvan je bent gaan houden? En om geld geef ik heel weinig. Geld neem je tenslotte niet mee in je kist, Harry, kerel, als je niet van dit land en die stinkers hier houdt, pak dan je boeltje in en word kruidenier in België, want voor mensen die er niet aarden is Kongo een verschrikkelijk land en omgekeerd maken zulke mensen het land kapot.'

Twee jaar nadien stierf hij aan zwartwaterkoorts. Marie heeft zich na de begrafenis in het kippenhok verhangen. De zwarten kwamen iedere dag verse bloemen op zijn graf leggen. Hij spookte rond in de dorpen, ze hadden zijn wagen gezien met een luipaard achter het stuur, geruisloos voortglijdend door de nacht.

Ik heb nooit zo'n goeie baas meer gehad. De anderen... bah, niet veel zaaks behalve misschien Pollet. Enfin.

Mijn eerste dag in de brousse was in vele opzichten een geweldige, onthutsende dag. Ik ben me samen met de mannen en vrouwen gaan wassen in de lauwe rivier, die zwart en hoog en rimpelloos voorbij het dorp gleed. Naakt onder water en de hand voor ons geslacht als we naar de oever waadden zoals in de avonturen van Huckleberry Finn, dat enige boek. De zon droogde me op, de aarde was warm onder de voeten, die wind en de zon over mijn huid en op de brede galerij van het huis van de oude capita stond de ontbijttafel al gedekt en Timotheus in witte shorts en een loze lach op zijn plat gezicht zei: 'Bonzou missié, koffie...'

In de tropen begint de dag altijd met een grote kop sterke geurige koffie. Daar dan een royale scheut gesuikerde blikjesmelk in. God in de hemel!

Je raakt eraan verslaafd. Zonder kop koffie op je nuchtere maag is je dag mislukt. In Europa wordt van koffie genipt door kakelende dametjes, pink in de lucht, gebakjes, geklik van zilveren spullen. In Kongo is koffie mànnendrank, meestal luidruchtig geslurpt, elke slok gevolgd door een háááá van genot.

Het ontbijt in de tropen is een feest. Het is dan heerlijk koel, je plakt niet van het zweet, je neemt kalm je tijd. Ik eet graag op mijn gemak, uitgebreid, smakelijk. Ik ontbeet altijd in blote borst buiten in de schaduw van de barza. Eerst een halve papaja met citroensap, koel, sappig, smeltend in de mond. Is er iets goddelijker dan de smaak van papaja? Alleen de Portugese watermeloenen kunnen ertegenop en dan nog. Ik had op het laatst een speciale soort geplant, kleine, bijna bolvormige, waar het sap uitspoot als je ze opensneed.

Dan vier of vijf gebakken eieren met bacon en knappende, hete, geboterde toast, enkele koppen sterke koffie, daarna gestoofde pruimedanten of abrikozen en tot besluit een whisky-puur met een Albert. Is dat geen mànnenontbijt?

Je kunt gerust smakken, slurpen, met een houtje tussen je tanden koteren, je uitrekken, krabben enzovoort. Niemand stoort je, buiten ontwaakt de nieuwe Afrikaanse dag, je zit met geperste, gesteven shorts en Arabische sandalen aan, die eeuwige lauwe bries en de dauwdruppels schitterend in de zon, je bent meester van je tijd, je voelt je vrij, ontspannen, tevreden, een koning.

... EN DE NEGER HIELD PLOTSELING STIL, één hand tegen zijn halfopen mond, de andere aan de speer, de blanke zag de stralen zweet over zijn rug met de spierballen lopen, hij zag de kaalgeschoren schedel met de knobbels, de dikke huid en het zweet, de karabijn woog zwaar op zijn schouder, het sleutelbeen deed pijn, hij wilde 'm verleggen maar de neger keerde zich om, de wijsvinger voor zijn mond, de ogen wijd open, zeer langzaam knikkend als in een vertraagde film, hij liet de speer horizontaal komen en de blanke slikte, zijn trommelvliezen kraakten en zijn mond werd opeens droog en ik moet braken, dacht hij en hij slikte weer maar er was geen speeksel, ik mag niet denken, nooit meer denken, alleen doen en beleven, voor het eerst dat goddeloos opwindende avontuur beleven, de ontmoeting met een zwarte buffel, geen mens op honderdduizend maakt het ooit mee, alleen op de film, getruqueerd en dit hier is ècht, ja ècht; de neger maakte bijna onmerkbaar een teken met het hoofd dat hij moest volgen, hij nam de karabijn van zijn schouder en zette de pal naar links, betastte de tweede trekker, er stak een frisse bries op zoals dat alleen in de savanne mogelijk is maar de bries zat goed en het hoge gras ritselde en de zon brandde op zijn gezicht, armen, knieën, hij voelde een zweetdruppel jeukend vanonder zijn oksel over zijn flank rollen en de neger maakte weer een teken en hij sloop geruisloos achter de neger aan en voelde een dankbaar gevoel opkomen voor degene die hem vroeger had leren sluipen als een kat zonder het minste gekraak door de sparrenbossen, over de dennenaalden, de takjes, de denneappels met 's morgens de frisse geur van hars en meestal de wind door de takken en soms gekreun ergens ver weg en toen hield de neger opnieuw stil en liet de speer zakken en luisterde gespannen met gerekte nek als een hond die het riekt en hij kreeg een schokje als sommige honden die kwispelend tegenover elkaar staan, bukte zich en gooide een snuifje droog zand in de lucht, gaf een nerveus-flappend teken met de hand en begon op handen en knieën door het hoge gras te kruipen, net een jagende kat, dacht de blanke (of fieldcraft bij de commando's, of ramping) en hij volgde hem en toen kwamen ze achter een termietenheuvel, aan de voet met esobe-gras begroeid, kaal aan de top en de neger kwam overeind en klom de heuvel op en keek om en knikte grijnzend en de blanke kwam bij hem en de neger fluisterde in het Lingala iets in het oor van de blanke, maar hij verstond alleen (o, die stinkende adem) 'dichtbij, dichtbij, schiet grote zwarte' en zijn hart bonsde en zijn keel was droog als bij de eerste keer met een vrouw en hij voelde het komen en nú niet, dàt nu zeker niet, ging het door hem heen

en hij hoorde het bedwongen gehijg van de neger die
wenkte en zijn mond halfopen hield en trilde en zweette, het zweet liep in stralen van zijn borst en de blanke kwam achter hem aan en voorbij de heuvel was een
kleine ingesloten vallei en in het hoge gras, scherp als
in een stereoscoop zag hij het en zijn adem stokte en
hij legde aan en mikte en de buffel graasde rustig verder en hij was zwart en zijn staart zwiepte en hij had
een gemene zwarte snuit en zware geboren horens en
hij was plomp en als hij bewoog rilden de spieren
onder de huid en daarachter stond de koe, fijn, glad,
ros, en toen schoot de blanke en hij kreeg een nijdige
stoot tegen zijn schouder en hij wankelde en de buffel
ging log omver, zwaaide met zijn kop, loeide schril en
de koe ging er trappelend vandoor en de stier snoof
en kwam half rechtop en 'bètè, bètè!' * (schreeuwde
de neger) die nu naast hem stond, wijdbeens, de speer
geveld en de oren van de blanke suisden van het schot
en hij wierp de huls uit, sloeg de grendel dicht en
mikte op de hals van de stier die met de achterpoten
sloeg en hij schoot weer en hij hoorde nu duidelijk de
kogel inslaan met de *vlòk* van een golfclub tegen de
bal, de buffel ging tegen de grond, sidderde, reutelde
en lag toen stil en de blanke wist dat hij dood was en
hij voelde vreugde als een golf door zich heengaan en
hij rende de heuvel af maar de neger hield hem tegen
en maakte snelle keelgeluiden, hij stond stil, hief de
speer op, haalde uit en wierp hem in de buffel en de
punt ging erin met een vochtige plof en de schacht
wiegelde heen en weer en de buffel bewoog niet meer,
de neger raapte een kei op en wierp hem tegen de buik

* schiet, schiet!

45

van de buffel, 'akufi'*, zei hij, grijnsde tegen de blanke en zijn ogen stonden zeer vriendelijk en daarna kneep hij zijn platte neus dicht tussen duim en wijsvinger en lachte met schokjes, heel zijn lichaam schudde; hij trapte tegen de horen, de kop, de gespannen buik, joeg lui met een grasspriet de vliegen weg die al zaten te azen op de twee kogelgaatjes in de nek en het bloed stroomde uit de neusgaten en de neger bekeek de blanke en stak de hand uit en de blanke drukte de hand en lachte en voelde zich zeer gelukkig en hij veegde het zweet van zijn voorhoofd en dacht, het is hier een goed land, een verdomd goed land is het hier en toen voelde hij opnieuw die stroom vreugde en hij dacht, een koele droge hand heeft die kerel, prettig om te voelen, hij is mijn broeder, ik houd van hem, alle mensen zijn broeders...

Harry

Na een goeie vijf maanden was die weg af. Toen de eerste vijftonner van de Katoenmaatschappij in een stofwolk voorbijkwam, heb ik gevloekt, want ik voelde de ellendige leegte als altijd als je een groot werk achter de rug hebt.
Ik had een weg gegeven aan mensen die ik beter met rust had gelaten, want ze veegden gewoon hun schaamlap aan het jaarlijkse gemiddelde inkomen, waar Van Hee zo hoog mee opliep. En toen die Ford zich een eind verder vastreed in de modder, heb ik eerst op mijn dijen geslagen van baldadige pret en daarna de chauffeur die om hulp kwam vragen, uitgekafferd omdat hij mijn mooie weg naar de bliksem reed.

* hij is er geweest

Van Hee had, telkens als hij op bezoek kwam – een keer of vier, vijf, geloof ik – gezegd dat ik een huis moest laten bouwen, want ik hokte nog altijd bij de oude capita Matuy, die mijn vriend was geworden. Een eindje buiten het dorp, zei Van Hee, een beetje afstand doet nooit kwaad aan je prestige. Maar ik was tevreden met de koele barza als eet- en luierplaats en het kleine slaaphokje onder het rieten dak voor mijn kampbed-met-klamboe en mijn koffers. Ik dacht nooit aan mijn prestige. Als je dat doet, maak je je gauw belachelijk.

Timotheus kookte buiten onder een afdakje op een houtvuur, logeerde bij de capita, had een vriendelijk liefje, zijn buik vol, sigaretten uit de staatsvoorraad, palmwijn zoveel hij wou, een baas die nooit bromde en we vonden de situatie best, want ik had iedere dag een warm bad, gestreken hemden en shorts, afwisselend eten, werd matig bestolen, enfin, onze verhouding was prima.

Waarom dan een nieuw groot huis laten bouwen? Ik kon het eenvoudig niet over mijn hart krijgen, die arme kerels aan het werk te zetten voor mijn persoonlijk comfort. En ik had bovendien vlug geleerd zeer weinig belang aan comfort te hechten. Ik leefde immers buiten in de open lucht. Het was daar goed in Bokombo en die vijf maanden zal ik nooit vergeten. Wellicht de fijnste van mijn leven. Was ik toen gelukkig? Misschien. Ik had een spiegelbeeld. Dat is meestal voldoende. En een opdracht, die weg. Ik zette me volledig in, had geen tijd om na te denken, te veel nadenken is vaak noodlottig.

Als ik nu soms lees in advertenties 'U bent jong – 25-35 jaar – enthousiast en bereid zich helemaal in te zetten' enzovoort, je kent die kletskoek, dan moet ik altijd denken aan het absoluut zinloze, zich volledig te geven aan een taak die het niet waard is. Een weg van vierentwintig kilometers trekken door de wildernis is een werk waarvoor je desnoods nog warm kunt lopen. Het is zoiets als een gevaarlijke berghelling beklimmen. Als je dan onderweg verongelukt en sterft, is dat niet zo erg, want je hebt je geweerd en iets van jezelf gegeven. Ik heb gedurende negen jaar reuze opdrachten te vervullen gekregen, heb zelfs een paar keer mijn leven op het spel gezet, zonder berekening, het losweg in de weegschaal gegooid. Ik heb in vele opzichten driedubbel geleefd die negen jaar, roekeloos de kaars aan twee einden laten branden. Het zal zich wellicht later wreken. Het kan me niet schelen. Liever in veertig jaar alles erdoor jagen als een kerel dan zestig of zeventig als een halfgare met stukjes en beetjes, doodsbang van léven, zoals de meesten hier.

Ha, 's morgens staan geeuwen en je buik krabben op de barza in de nevelige ochtend, fris en toch reeds die goede warmte van de zon, de vrouwen en mannen en kinderen van het dorp, die 'dag Mangbodo, vadertje-éééé!!' roepen en wuiven – want je hebt natuurlijk een inlandse bijnaam – en die grinniken als ze die gekke blanke naar de rivier zien rennen, zijn onderbroek uitspelen en er met een plons induiken. Aan de oppervlakte is het water lauw, als pap, maar als je dieper duikt wordt het ijskoud, donkerbruin, wazig en troebel met schimmen van wegschietende vissen. Je komt boven, klimt op de oever, droogt je af, de zon verwarmt je huid en onder je voeten met verharde zolen van het blootsvoets lopen voelt de korrelige grond prettig aan. Je slentert naar huis en Timotheus zegt

ernstig 'bonzou missié' en buigt en schenkt de koffie
in en mikt er een straal gesuikerde melk in en roert
tot hij lichtbruin wordt. Je slurpt en geniet zoals je
alleen van een kop goede koffie kunt genieten als je je
vrij en fit en ontspannen en gelukkig en klaar voor je
taak voelt.
En 's avonds het hete bad. Zonder koffie, whisky en
iedere avond een heet bad zou Kongo een verschrikkelijk land zijn. Je laat je er kreunend van genot in
zakken, je zeept je in, spoelt je af, brullend van:
    'Waar-om vloog de Kasba in brand, beste vrind?
    Om-dat die-ie grie-iet veel te héééééét stond!'
of van 'Ik ben het naaistertje van bij Paquin' of 't een
of ander schunnige liedje van Georges Brassens, de
grootste dichter aller tijden.
Je komt eruit met een badhanddoek om je buik, pletst
wat in het rond, kamt je haar, knipt je baard bij en je
gaat bij Timotheus de deksels van de potten lichten,
snuift de etensgeuren op, roept haháááááá, bindt jezelf een bonte paan om zoals de negers 's avonds plus
een Amerikaans donderhemdje met wilde paarden en
landschappen van Arizona erop en je schenkt fluitend
een ferme scheut whisky in een glas.
Belegen Schotse whisky is in vele opzichten een ideale
drank voor mannen. Je voelt het reeds als je het stopje van de fles klikt en een gulp in je glas giet. Je voegt
er ijs en soda bij en je ruikt eraan en het water komt
ervan in je mond en de smaak is pittig, rijk, vol op de
tong, licht brandend in de keel, die warmte diep in je
met daarna de lome stroom door aders, zenuwen, gedachten, die vlotte nonchalance, die onbevangen kijk
op de wereld, die welwillende onverschilligheid wars
van alle fanatisme, de hoofdzaken komen klaar en in

hun juist verband te staan, je omvat, begrijpt, vergeeft alles, details komen haarscherp door, je wordt kalm en tegelijk op je hoede, je wordt dier-en-mens-en-geest, de meest volmaakte combinatie van de Mens en je voelt je vrij, je ademt en je lééft.

En dan ga je aan tafel zitten, overmoedig, een beetje dronken en als de boy de buffelstaartbouillon met drijvende vleesbrokjes, plukjes tong en staart in je bord schept, zit je ernaar te kijken als een gretige hond. Het is krachtige soep met vetoogjes erop, heet, met veel pilipili erin en je eet er vers geboterd brood bij en de whisky geeft je enorme eetlust. Dan blokjes buffeltong met mayonaise, versneden uitjes en knoflook, veel brood erbij en rode Portugese wijn, Ginçal of Rosé uit een tienlitermandfles onder de tafel. Je kipt hem en de wijn gulpt klokkend in je glas en dat is een machtig geluid. En soms eet je in boter gebakken hersenen, goed gezouten en gepeperd en citroensap erover, met brood en wijn. En soms een knaap van een buffelfilet met veel gebakken aardappeltjes en tomatensla, mayonaise en een paar flessen Primus, afgekoeld in de rivier. Als dessert ananas of mandarijntjes of sinaasappelen of manga's of guayava's naar gelang van het seizoen. Als besluit een kop koffie met een sigaret en een borrel cognac.

Timotheus zegt altijd: 'Mijn blanke goed schieten, goed eten, goed drinken, hij een kerel, zo is het.' Zo was het ook, want in de rimboe heb je niet veel anders dan lekker eten en drinken.

's Avonds speelde de radio onder de suizende colemanlantaren. Nieuws uit Léo, eenmaal per week van zeven tot tien klassieke muziek. Dan lag ik op mijn kampbed te luisteren, de ene sigaret na de andere ro-kend en ik verdroeg geen neger in mijn nabijheid. Bach en Mozart en Beethoven en Brahms en Chopin en Prokofiew (werelden) werken in de brousse als een versterkend tonicum voor een zieke. Soms liepen de tranen over mijn gezicht.

Vier maanden heb ik geen vrouw gehad, dàcht er zelfs niet aan. Het werk, de jacht, het land boeiden me zo dat ik er geen nodig had.

Op een avond nam ik de colemanlantaren van de haak en ging naar binnen om te slapen. Tegen een dakpaal van de barza stond een negerin. Ze was jong en mooi. Ik zag haar en de adem stokte in mijn keel. De erectie was een zware lome jeukende stroom diep uit ruggegraat en anus. De lantaren begon in mijn vuist te trillen. Ik slikte, fluisterde 'yaka'.

En ze kwam.

3

Wanneer hij op de trein stapt, schijnt de zon en op het perron van het kleine station midden in de weiden met gevlekte koeien, de geur van versgemaaid gras en de stilte, heeft hij zijn jack uitgedaan. Maar als hij een kwartier in de trein zit, is de zon weg en het begint te regenen. De trein schudt en de regen striemt tegen de ruiten en het landschap is één wazige mist van de regen en Harry kijkt naar buiten en daarna vóór zich uit in het lege compartiment dat naar droog stof riekt.

... DAT LAATSTE JAAR HAD HIJ voor Julie een transistor-radio gekocht omdat die spullen erg handig zijn in het gebruik. Geen draden of antennes en zo en je kunt er het hele huis mee rondlopen. Hij diende om in de slaapkamer naast het bed te zetten. Op een avond kwam hij thuis, nogal nerveus wegens een woelige meeting van de M.N.C.-Lumumbapartij die de inlandse wijk in oproer dreigde te brengen.
Ze lag op het bed te roken en de radio speelde op volle kracht een of andere chachacha met gitaarbege-leiding van Radio Kongolia. Hij kwam bij haar liggen, stak een sigaret op en draaide de radio wat lager. Ze rees op als een cobra en zette hem weer aan. Hij vloog overeind en gooide hem helemaal uit. Er ging een groene flits door haar katogen en ze zette hem terug aan. Hij greep haar vast, gooide haar op het bed en kreeg onverwacht een oorvijg, hij sloeg hard terug en

haar lip bloedde. Ze viel op hem aan met tanden en klauwen, maar hij drukte haar plat op de matras. Ze lag maar te rukken en te blazen en te sissen. Het stomme van de situatie drong tot hem door en hij begon te lachen en 'Julie, Julie, Julie,' in haar oor te fluisteren.

'Verrèk!' had ze geroepen en gemeen gespuwd.

'Rròtkreng,' had hij gezegd, het spuwsel afvegend, 'gootkat, gemene slet, ga terug naar je vènten, godverdomme!'

'Dat zàl ik doen,' had ze razend geroepen, 'ha, ik zal je over de grònd laten kruipen van jaloezie als een hònd. Alle mannen kropen voor me als luizige honden. En je moet vooral niet gaan denken dat ik geen andere meer kan krijgen. Het stadje bàrst van de knappe mannen en ze zijn allemaal stápel op me!'

Hij had haar toen geslagen. Met de vuist. Geschopt. Getrapt. Tegen de muur aangegooid als een vod. Ze kroop bloedend de kamer uit. Die nacht had hij eenzaam een fles whisky leeggedronken en het had niets geholpen, want daarna was hij alleen maar ziek geweest, leeg en kapot van binnen.

De dag erop was de krachtmeting begonnen.

Ze was gaan logeren bij familie in de inlandse wijk. Die verre neef van haar, pokdalig en met vuil in zijn ogen, kwam wat huisraad en de kleren opeisen. Hij had hem onverschillig geantwoord, inwendig jaloers, ziek van liefde. 'Kom maar, ze mag alles weer hebben, het is van haar,' had hij gezegd, maar de neef had zich niet meer vertoond.

Hij had Timotheus op inlichtingen uitgestuurd. Drie van zijn spionnen schaduwden haar dag en nacht. Ze bleef thuis, wees de mannen af die haar deur platliepen, kwam alleen buiten om water te halen aan de publieke pomp.

'De vrouw wordt mager, mondele,' zei Timotheus vormelijk en op zekere dag had hij een briefje van haar bij zich. Zijn hart sprong op, maar hij hield vol, verscheurde het. De pokdalige neef werd door Timotheus 's nachts betrapt op de barza, zijn oor tegen het venster van de slaapkamer. Nu was hij zeker.

Hij toerde met Clerckx door de inlandse wijk om de wegen te inspecteren en reed haar bijna ondersteboven. Ze was gekleed in een sjofele sarong, zonder make-up, blootsvoets, vermagerd, een emmer op haar hoofd. In de achteruitkijkspiegel had hij gezien dat ze hem lang nakeek en ten slotte met hangende schouders wegging.

Na veertien dagen had hij koel een smekend briefje beantwoord. Ze was ziek van hem, schreef ze, ze stierf langzaam. Ze had dezelfde dag een mooi aarden kruikje laten afgeven. In de slaapkamer had hij het in zijn handen gewarmd, het gekust.

Hij had het nog drie dagen uitgehouden in een vlaag van masochisme en hij brak op een avond toen Timotheus hem stug kwam zeggen dat ze al een week lang werd lastig gevallen door Perreira de Souza en dat die weer als een gek stond te toeteren voor haar deur. Hij was toen in zijn car gesprongen, vloog tegen honderd per uur naar de inlandse wijk, stopte links van de weg vlak tegen de Pontiac van De Souza, die glimmende rijke vetzak, die 'Julienne, Julienne!' aan het roepen was en zijn boy stond achter het huis om haar op te vangen. De Souza had hem in het oog gekregen, groette met een geforceerd lachje en toen had hij blij geroepen: 'Julie!' en de deur vloog open en ze hing in zijn armen, haar benen rond zijn heupen gestrengeld en hij had haar in de car gedragen en ze reden langzaam naar huis en ze had tegen zijn schouder aan gelegen, haar gezicht nat van de tranen.

Na een flinke high-ball was ze vlug weer de oude, lieve, dartele Julie. Ze smeet haar bloesje op de vloer, rekte zich als een luie kat, hapte een geeuw middendoor en riep in een lachstuip: 'Ah là là là là là, j'ai une de ces faims!' en ze hadden in de keuken gekampeerd, de koelkast leeggehaald en alles over de vloer uitgespreid om goed te kunnen kiezen en ze schransten een uur aan één stuk. Een koude kip, kaas, ham, salami, honig, alles door elkaar en tot besluit Guinness met rauwe eieren erin geklutst.

En later hadden ze samen een heet bad genomen en elkaar gewassen en het was fijn geweest en daarna hadden ze eerst whisky gedronken en later in de nacht hennep gerookt en toen was er iets gebeurd, voor de eerste maal was de vonk overgesprongen en in de roes daarna hadden ze elkaar aanbeden, ook de aarde, de maan boven de rivier, de nachthemel, het bloed, de duivel en ze hadden vuisten opgestoken naar boven en hees geschreeuwd: 'Kom af als je bestaat, kom af want *wij* zijn God!' en de dageraad had hen op de cementvloer van de barza gevonden, naakt, vuil, ineengeklist als nat zeewier...

Harry voelt een schok en opent de ogen. De trein staat stil. Hij veegt de damp van de ruit en ziet de grauwe hal van het Centraalstation, een trein naar Brussel die aanzet. Hij staat op, trekt de ritssluiting van zijn jack dicht en in de hoge hal is het kil en schemerig, het ruikt er naar stoom en verbrande olie

55

en hoog in de ijzeren balken zitten duiven tegen de vuile ruiten en hij gaat voorbij het mannetje met het baardje dat met ijs leurt en een wagentje met OLA erop voortduwt en een witte linnen pet op heeft en 'Ola... roomijs... ola!' roept met een belachelijk hoog stemmetje – de mens, denkt Harry verwilderd, vol medelijden, hij is een mens, hij is mijn broeder en ik kèn hem niet, ik ken zelfs zijn náám niet en als ik nu zijn naam zou vragen, zou hij misschien een bars antwoord geven, plotseling op zijn hoede, wantrouwig, in verzet, want zijn naam is waarschijnlijk het enige dat hij nog van zichzelf bezit, zelfs van zijn gedachten heeft men zich meester gemaakt door hem te dwingen acht uur per dag 'ola... roomijs... ola,' te roepen en ik moet hier weg, denkt Harry, ik moet nu onmiddellijk weg, de stad in, de stad onder de regen, ooo, en me losrukken, alleen kijken, waarnemen en niet denken, vooral niet denken.

Hij begint te lopen en neemt drie, vier treden tegelijk en geeft hijgend zijn kaartje af en als hij de uitgangsdeur openduwt is hij buiten, in de stad, in de regen, op het trottoir met plassen, natte dode blaren en mensen.

Aan het hotdogkraampje verkocht de bleke dienster met scheef wit kapje en moeë ogen (dezelfde van verleden week) vliegensvlug aan een hele rij mensen hotdogs. Ze prikte, sneed broodjes open, ontving geld, tikte op de bellende kassa, woelde in de lade, prikte, sneed, mikte handig een lik mosterd op het worstje, en boven haar hoofd brulde een luidspreker 'Bééééé, bééééé, Brigitte Bardooooo-uw!'

Het was er heet en Harry trok de ritssluiting van zijn jack open. Hij legde vijf frank op het rubber matje.

'Eén,' zei hij.

'Met mosterd?'

'Mm.'

Het broodje kleefde. Waarom veegt ze het vet niet van haar vingers, dacht hij. Hij beet erin, het was knappend en vers. Het worstje was gekruid en met de mosterd smaakte het goed. Toen het op was, veegde hij de vingers aan zijn zakdoek af, ging met de tong over zijn tanden en rispte op.

Hij ging naar de roltrap en liet zich meevoeren tot aan de tweede verdieping. CAMPING, MEUBELEN, SPEEL-GOED stond er op een plaat.

Hij slenterde wat rond en toen kreeg hij een grote tafel met elektrische treintjes in het oog. Een bleke magere vent met een donkergrijze stofjas aan en een nikkelen nummer erop (de plaats van zijn hart, dacht hij, de slaaf, de robot) bediende het schakelbord. Harry keek geboeid naar de snorrende treintjes.

De vent bekeek hem aandachtig.

'Is mijnheer soms geïnteresseerd?' vroeg hij.

Harry haalde zijn schouders op, lachte schaapachtig. Hij keek naar het slappe boordje en de das van de ander. Het boordje had omgekrulde punten en de das was versleten.

'Hier hebt u dan, mijnheer, doos I van zeshonderd-vijfentwintig frank,' zei de vent opgewekt en opende ijverig een kartonnen doos met een paar rails, een locomotief en een tender erin. Harry keek.

'Zonder overdrijven een technisch wonder, mijnheer,' zei de vent enthousiast, 'onmogelijk elders te verkrijgen tegen zulke belachelijk lage prijs. Werkelijk een buitenkansje. Bekijk maar eens deze locomotief bij voorbeeld.'

57

Harry nam hem aan. 'Een waar juweeltje, mijnheer, Reversibele motor. Dubbele met echte kopal geïsoleerde windingen. On-roest-baar anker. Twee jaar garantie op de mechanische delen zoals alles van het welbekende merk Märklin. Tot in de kleinste details verzorgd, u kent de Duitsers nietwaar, grondig tot zelfs in hun speelgoed, hiehiehie. En dan hebt u daarbij een tender plus twee wagentjes, zwaar, solide, kijkt u maar,' – Harry gaf de locomotief terug en nam de tender – 'en onverbuigbare rails waarvan u er natuurlijk apart kunt bij krijgen zoveel u maar wilt alsmede wissels, kruispunten, boompjes, huisjes, mannetjes, spoorbruggen, stationnetjes en dito, alles wel te verstaan van het huis Märklin en dan hebben we wel dèrtig verschillende... (zo'n vent haalt hoop en al de zesduizend per maand, hij heeft zeker een slonzige zuurriekende vrouw, hij heet Janssens of Scheffers)... krediet eventueel op zes, twaalf, achttien, zelfs vierentwintig maanden met een kleine storting plus dan iedere maand een wisseltje, kijk, hier zijn de algemene voorwaarden van kredietfaciliteiten die Grand Bazar aan zijn cliënteel verleent en...'

'Doe geen moeite,' zei Harry bot. 'Ik zal wel eens met mijn vrouw en mijn zoontje komen kijken. Mijn zoontje is gek op... enfin, geef me als u wilt een prospectus.'

Het gezicht van de vent klaarde op.

'Zéker, mijnheer, mijn zoontje heeft ook doos I van Märklin. Hij speelt er iedere avond mee... (als die knul de godganse dag met treintjes heeft gespeeld, komt hij thuis, duwt zijn maag vol aardappelen, rode kool, worst, het flesje bier voor de kostwinner en dan hangt de kleine aan zijn slippen om opnieuw te beginnen)... er nog nooit brokken mee gehad en mijn vrouw zegt altijd...'

'Dank je wel, omstreeks Sinterklaas kom ik wel eens kijken,' zei Harry haastig.

'Zéker, mijnheer, tot uw dienst mijnheer,' zei de vent vriendelijk. Hij miste een boventand.

Harry nam het prospectus aan en wilde zich omdraaien. (Hij mist een tand – misschien rot – het emery-schijfje-slijpen, begonnen de stemmetjes, ver weg nog, maar reeds ongelooflijk scherp als een technisch volmaakte bandopname.)

Hij bleef staan, sloot zijn ogen en toen voelde hij het komen. O, dacht hij en alles in hem werd koud en hol en hij wilde het nog tegenhouden door diep te ademen, maar toen wist hij reeds dat het te laat was.

Beneden, nadat hij als in trance de dalende roltrap was afgelopen, gilden de stemmetjes al schel en chaotisch door zijn hoofd als door een slecht geregelde luidspreker. Aan het hotdogkraampje stond nu een hele rij mensen en de bleke dienster met het scheve kapje verkocht vliegensvlug hotdogs, smerend, snijdend, prikkend, geld ontvangend, op de kassa tikkend en vlak boven haar kop brulde de muziek hees 'Mustapha'.

Hij bleef staan en toen barstten de zinnetjes los en toen wist hij definitief dat het er was.

De dienster verkoopt hotdogs, ging het jachtig door zijn hoofd, verkoopt de dienster hotdogs, verkoopt hotdogs dienster, de hotte dienster verkoopt dogs, smeert, snijdt, prikt, tikt, ze tikt, snijdt, prikt, smeert, ze snijdt, smeert, tikt, prikt, prik-tikt, tik-prikt, pik-trikt, smeer-snijdt hotdogs, hete honden, hete hondjes, hete poedeltjes, noedeltjes, knoedeltjes, een roe-

59

del herten, het gewei trots geheven, een bergflank met wouden en daarachter bergruggen met wouden, wouden, wazige wouden en een zonsondergang, violet, vlammend rood met flarden wolken, *en ik zal nooit meer de zon boven de Kongo-stroom zien ondergaan*, en Julie leeft en ademt en denkt en voelt en ik zie haar niet!

Hij rende langs de stand met de stapels Japanse muiltjes. De breinaalden. Het ondergoed. De flesjes parfum. Bics. Duizenden kammen. Pocketbooks. De glazen deur. De blowers met de stroom hete lucht en dan slaat de kilte hem in het gezicht. Motregen. Stadsrumoer. Glanzende plaveien. Plassen. Sissende autobanden. Voorbijgangers. Flitsen van gesprekken (werelden) als door elkaar gegooide krantenknipsels. Associaties. Reeksen beelden, eeuwen in één seconde.

... ik zei vrindje, dàt zul je me geen tweede keer lappen... *die heeft een neus als Louis XIV of Robert Mitchum of... Julie had een fijne gebogen neus... de nerveuze neusgaten van een volbloedmerrie... is dat nu de nieuwe Volkswagen 1500?...* van zes tot zeven is er bezoek en de druiven zijn toch goedkoop ik zal maar een trosje van de Sarma, wat zeg je?... *met zo'n plastic kapje op hun kop zijn vrouwen afschuwelijk...* pardon, o pardon mevrouw... *wat een achterwerk! Natuurlijk: waggelend op rechte olifantspoten, dikke benen in kleine schoentjes, is dat van Marnix Gijsen of Steinbeck? Nee, Steinbeck spreekt van peperdure schoentjes in 'The wayward Bus' waar de frigide moeder van de hete Mildred met haar nonnenkap... de zwarten noemen zoiets libó, een scheldwoord dat negerinnen razend maakt als dolle katten... de meeste blanke vrouwen zijn geremd, dus frigide, o wat moet ik doen zon-*

der een vrouw... als je een pak Dreft koopt, zit er een bon in voor een paar nylonkousen...

Hij stond verwilderd in de regen op het plein vol plassen in de ongelooflijke stad onder de regen. Hij keek verbaasd in het rond naar de mensen, de huizen, de duiven, zaadjes pikkend, koerend, trippelend.

O, nu is het er, dacht hij en heel zijn lichaam deed pijn, nu is het er definitief en vandaag weet ik niet hoe ik het zal doormaken en hij herinnerde zich zeer scherp de vorige aanval, toen hij voor het eerst in de kolk was terechtgekomen, hij had als in trance door de bossen gedoold, zijn bewustzijn was een jankend asdic-apparaat geweest, het was bij de minste indruk van toon veranderd en alles had een onwerkelijk-wazige en toch in alle details scherpe betekenis gehad, hij dwaalde door een lege, onpeilbaar hoge, ijle zaal vol nerveuze stemmetjes als belletjes die hem onophoudelijk bestookten met ratelende vraagjes, antwoordjes eisend op die vraagjes als in een koortsdroom (met ogenblikken van oneindige tederheid: een bedelaar met stinkende adem op de mond kussen, een straathond vol zweren onder je jas nemen en daarna opwellingen van wild sadisme: deze bedelaar wurgen, de hond langzaam doodmartelen met een botte priem, je eigen halflamme grootmoeder de hersens inslaan en met haar spaargeld gaan smijten bij de hoeren) en al dolend een golf muziek uit een openstaand café (the Modern Jazz Quartet?) en daarna ergens een gebogen gestalte van een arm mens door de plassen sloffend en de reuk van mist in de straten, de reuk van uitlaatgassen, de reuk van die blonde vrouw met mooie benen en het is alsof hij alles al eeuwen geleden had beleefd, in dezelfde omstandigheden, maar in een andere wereld, dit obsederende besef van de onsterfelijkheid en de oerbetekenis van alles was hem met rukken duidelijk geworden en tegelijk weer troebel en zinloos als tevoren en hij liep nu als een ijlende slaapwandelaar door de stad die een droomstad was geworden en iets in hem, diep, hunkerde naar ergens waar het altijd stil is, een onbekend land met een hoge berg, een meer, eeuwenoude beukenwouden, een Romaanse abdijkapel met een monnikenkoor dat ingehouden gregoriaans zingt.

En alles werd plotseling grauw en de lucht werd donker en hij moest vluchten voor een regenvlaag, pletsend, tikkend, niet brullend, bruisend als in Kongo, in het portaal van een bioscoop.

Hij keek naar de uitgestalde foto's. Het was 'Shadows' van John Cassavetes. Hij betaalde en ging binnen. Twee uren daarna kwam hij ziek weer buiten, de zenuwen aan stukken, bibberend, slap.

De chaos van geïmproviseerde beelden los door elkaar met zoemende gesprekken, brokken melancholische jazz, verregende flarden van een grote stad, de meest ontroerende liefdesscène ooit verfilmd met door alles heen in back-ground dat onderhuidse kapotmakende besef van het absolute zinloze van alles met toch de vage hoop op iets (op wat?) en daarna doolde hij als Ahasverus door de stad waar de zon nu hel in de plassen scheen met onwerkelijk lichte beelden van mensen, trams, auto's, hippende mussen en er gaan dan beelden door hem heen die vastgelegd op band of celluloid de meest geniale film ooit gemaakt zouden zijn en hij besefte plotseling (waarom?) dat kunstwerken alleen in zulke toestand kunnen voortgebracht worden en dat echte kunstenaars vervreemde halve gekken móeten zijn en dan ging er (en dat vreesde hij nog het meest van al) middenin de stadsdrukte die klik in zijn hoofd af en dan was het voorbij en daar stond hij alleen, verwezen in het rumoer van de altijd maar aan jagende grote stad en hij bekeek alles: de mensen, de trams, de voortsnellende auto's, de verkeerslichten, verbaasd, verwilderd, leeg, vol medelijden en haat en weerzin en heimwee en doodop als na een aanval van malaria. Hij ging als een oude man de trappen van de stationshal op en de kaartjesknipper vroeg zijn kaartje en hij had er geen en hij strompelde de trappen weer af en ging in de rij staan voor een kaartje en in de trein rook het naar verschaalde tabaksrook en stof en mensen en hij sloot zijn ogen en hij had het willen uitsnikken maar hij verbeet die wringende pijn diep in zijn borst toen hij in de koude ogen (visogen) van de man tegenover zich keek en toen stopte de trein en hij stapte uit en het regende niet meer en de lucht was wel zuiver en fris maar hij rilde als van kou en de dreven waren modderig en er krasten reeds kraaien en de zomer is dood, dacht hij, en hij stapte langs de grijze zandweg zonder zon, met hier en daar een zwar- te plas en de wind floot door de takken van de spar- ren en in de bungalow was het koud en vochtig en hij ging op het bed zitten met het hoofd in de handen en toen hij het te koud kreeg, schopte hij zijn schoenen uit en kroop onder de dekens, draaide zich op zijn buik en begroef zijn gezicht in het kussen.

4

Op de hoek van het bos, bij de brandlaan, zit Harry met zijn rug tegen een spar geleund en telkens als de wind opsteekt, voelt hij leven in de stam. De wind komt ergens diep uit het bos, met vlagen en Harry luistert naar de suizende ondertoon van de wind hoog in de takken.

Hij kijkt dromend naar de grote vlakte voor hem. Naast hem staat een Bergan-rugzak met ijzeren draagstel. Harry heeft een kaki linnen broek aan, combat boots en een groen windjacket van de Amerikaanse legerstocks. Hij zuigt op een trosje dennenaalden dat half uit zijn mond komt. Hij heeft een baard van een week en zijn haar is veel te lang.

Hij zit tegen de spar en voelt de zon warm op zijn gezicht schijnen en hij knijpt de ogen half dicht voor de zon.

(Nog altijd dezelfde lucht, fris, pittig in de neus met daarna de gedachten die klaar doorkomen. En dan is er de zon en de grote witte wolken hoog in de hemel en als ik mijn wimpers tegen elkaar laat trillen, kan ik in de verte de heuvels zien, de blauwe heuvels en de grote Banda-vlakte, tachtig kilometer grassavanne en aan de horizon de bergtoppen, soms nevelig, soms naaldscherp afgetekend tegen de lucht.)

Zonder zijn ogen te openen zoekt hij lui in een borstzak van het windjacket naar sigaretten. Hij schudt er een uit het pakje, spuwt het trosje dennenaalden uit, tikt de tabak vast op zijn duimnagel, steekt 'm op en inhaleert diep.

Hij rookt kalm en kijkt over de vlakte naar de bossen aan de horizon.

... 1942. 'IK GA EENS NAAR die stroppen achter 't ven zien. Haarie...'
'Mm,' zegt Harry lui.
'Ga'de nie mee?'
'Mm.'
'Waarom nie?'
'Geen goesting.'
'Meiskeszot.'
'Er zit nooit niks in die stroppen achter 't ven.'
'Meiskeszot.'
Ze zitten aan de rand van het bos in de schaduw van een grote zeeden. Harry snijdt een spiraal in de schors van een rechte eiketak. Naast hem zit een meisje. Ze vlecht traag drie sprieten buntgras. Ze heeft dik zwart haar, bruin mat vel en platte ogen. Haar katoenen kleedje is vuil en gescheurd opzij, want het is te smal. Ze heeft kleine borsten. Ze vlecht zeer aandachtig.
'Dan ga ik alleen,' zegt de tweede jongen, die Jos heet en de broer is van het meisje. Hij heeft een brutaal gezicht vol zomersproeten en rattig blond haar dat van onder zijn veel te grote pet uitkomt. Zijn blote voeten zijn vuil met korsten en zijn hemd en corduroy broek zijn verhakkeld.
Hij pulkt nadenkend in zijn neus, bekijkt zijn vinger en veegt hem af aan zijn broek. Hij snuift op, rochelt en spuwt.
'Blijf hier tot ik terug ben,' zegt hij tegen het meisje. Hij staat op.
Ze vlecht voort.
'Wedden dat er niks in zit,' zegt Harry zonder op te kijken.

'Voor hoeveul?'

'Voor vijf frang.'

'Vijf frang, vijf frang, waar zodde gij vijf frang halen? G'hèbt gij geen vijf frang.'

'Wie zegt da?'

'Ik.'

'Wedden?'

'Laat zien.'

'Pfff...'

Jos pulkt aandachtig in zijn neus, haalt dan de schouders op en baggert door de hoge heistruiken die tot aan zijn buik komen in de richting van een groep kromgewaaide dennen op een goede kilometer ervandaan. Daar ergens moet het ven zijn, want er groeit geel gras.

'Wedden dat er tòch iets in zit!' roept hij nog eens.

'Verrekt,' zegt Harry.

'Verrekt zèlf, godverdoeme!'

Het meisje begint te giechelen. Ze loert met een vlugge blik opzij naar Harry, die nog altijd aan de eiketak zit te snijden.

'Verrekt zèlf godverdoeme,' zegt Harry traag bij zichzelf, 'ik zal hem eens met die knuppel tegen zijn lomp lijf troeven, dan zal het wel gedaan zijn met z'n groot bakkes open te doen.'

Hij schiet plots in een lach, gooit de eiketak neer, knipt zijn mes dicht, grijpt het meisje bij de enkel en trekt.

'Dag schat.'

'Haarie, la'me los!' roept ze half lachend en trekt haar rokje naar beneden.

'Haarie, la'me los,' zegt hij met een meisjesstem.

'La'me voortdoen.'

'Als ge dicht bij mij komt zitten.'

'Flauwe.'

'Hoe flauwe?'

'Flauwe.'

Hij staat recht en komt dicht bij haar zitten.

'Flauwe, la'me gerust.'

'Ik dóe toch niks, Paula, nondedju!'

'Vandaag nie.'

'Waarom nie?'

'Dáárom nie.'

'Dat is een boerinnenantwoord.'

'Stadse poeper.'

'Ik zal oe seffens eens een klets op oe bloot gat geven.'

'Kom maar af. En als onze Jos sebiet terugkomt, dan zeg ik het en dan klopt hij oe zeker 'nen bloedneus of een blauw oog.'

'Beuh...'

'Ge kunt het geen eens halen tegen hem.'

'Wie zegt da?'

'Ikke...'

'Beuh...'

'En ge kunt het toch nie halen tegen hem.'

'Hij kan verrekken met zijn sproetensmoel. Hij kan voor mijn part morsdood vallen.'

'Hebt g'uw eigen al eens in de spiegel bezien, hé?' zegt ze snibbig.

Hij begint te lachen, gaat op zijn rug liggen, schokt van het lachen, trekt een spriet buntgras uit en kittelt haar onder de neus.

'Zot!' roept ze en schiet in een lach, duwt heftig op haar neus en snuffelt. Hij kittelt voort. Over haar armen, haar knieën, de onderkant van haar dij.

'Vandaag nie, Haarie,' zegt ze week. Ze trekt haar rokje over de knieën, strekt haar benen. Ze zijn bruin en stevig.

'Morgen dan?'

'Ook niet.'

'En overmorgen?'

'Dat weet ik nog niet. Maar nu niet. Nu gaat het niet.'

'Doe het dan bij mij.'

Ze zegt niets.

'Paula...'

'Mmm.'

'Doe het bij mij.'

'Morgen. Als w'ieveranst alleen zijn.'

'We zijn alleen.'

'En onze Jos dan?'

'De Jos is ginder.'

'Morgen.'

Hij haalt de schouders op, gooit de spriet buntgras weg en staat op. Hij duwt even op zijn gulp en slentert het bos in.

'Waar gaat ge?' zegt ze.

'Naar die eekhoorn zien.'

'Heeft hij al jong?'

'Daar ga ik juist naar zien.'

Hij gaat dieper het bos in. Ze begint opnieuw te vlechten.

Na een tijd komt hij terug, lusteloos, met hangend hoofd. Hij heeft gezwollen ogen. Ze houdt op met vlechten en bekijkt hem.

'Heeft hij al jong?'

'Nee,' zegt hij dof, gaat naast haar zitten, geeuwt en veegt het water uit zijn ogen.

'Haarie...'

'Hééé?'

'Vangt nog eens wa' vloeien.'

'Hebt g'er weer?'

'Mm.'

'Sebiet.'

Ze vlecht voort. Hij zit tegen de stam van de zeeden en staart voor zich uit. Ze kijkt in de richting van het ven en er komt een vage glimlach over haar gezicht.

'Haarie...'

'Mm.'

Ze legt haar hand op zijn dij. Hij duwt ze weg.

'Wat is er?' zegt ze.

Hij antwoordt niet.

'Haarie...' zegt ze flemend en bekijkt hem met haar platte ogen half toe als een kat.

'Laat me g'rust,' zegt hij, 'laat me eerst tien minuten g'rust. Daarna zal ik wel zien met die vloeien. Hebt g'het buske?'

'Hier,' zegt ze en toont hem een busje met Liebig-blokjes.

'Laat me nu eerst een kwartier g'rust,' zegt hij moe en gaat op zijn rug liggen. Ze staat recht, stapt over hem heen, strijkt haar rokje glad en trekt voorzichtig een paar sprieten buntgras uit een pol...

(Die fijne dagen met Jos van Jan Teut en zijn zuster Paula, toen ze godganse dagen in de bossen en de grote heide rondzwierven en)

... HET HUIS VAN JAN TEUT stond aan het einde van een verlopen karspoor naast een scheefgewaaid dennenbos, midden in de hei, een halfuur van het dorp.

Het was eigenlijk een afgedankte schuur met één grote ruimte beneden met een tafel, een paar stoelen, een scheve kast, een Leuvense stoof en een hoop brandhout eronder. Langs een ladder en een valdeur kwam je op de hooischelf waar een paar grote beddebakken vol vodden en dekens stonden. Het tochtte er langs alle kanten, de dakpannen rammelden verschrikkelijk als het waaide en de balken hingen vol spinnewebben en de reten werden regelmatig dichtgestopt met hooi, maar de ratten sleurden het er weer uit voor hun nesten. Als het donker was, werd de petroleumlamp aangestoken en als hij 's avonds strikken ging zetten met Jos, kwam hij eerst aanlopen en ze bleven dan altijd een poos aan de Leuvense stoof zitten met hun voeten tegen de gloeiende pot en Paula schonk ersatzkoffie op van gebrande gerst en als ze voorbijkwam zwierde ze haar rok in zijn gezicht en ze slurpten uit grote koppen zonder oor en het was er wàt gezellig met Janneke de tamme ekster die in de kamer rondhipte en schel 'Jannèk... Jannèk' riep en alles volscheet, met de petroleumlamp die voortdurend walmde, de wind in de hoge schouw en de harsreuk van de stukken dennehout en de reuk van stoverij van konijn of haas uit de pot die altijd achter op de kachel stond te sudderen. Als iemand honger had, prikte hij een paar brokken uit de pot, sneed wat hij nodig had van één van de vele regeringsbroden die op de tafel of de kast lagen en schonk koffie in een tas en begon te slurpen en te smakken.

Jan Teut, de baas van het kot, kwam bijna altijd strontzat naar huis en Julia (Jos zijn moeder) dronk veel jenever tegen pijn aan de eierstokken en zat danig achter de andere venten aan.

Ze kwamen nogal goed overeen, maar soms was het ruzie en hij had de Teut eens razend het servies pardaf door het deurgat zien keilen. Ze aten dan de aardappelen zo van de tafel en lurkten aan de hete tuit van de koffiepot...

En indertijd toen hij met Julie op de grote witte zandbank lag op de loer naar krokodillen...
Plotseling steekt een windstoot op, de spar waar hij tegen ligt, kraakt ergens hoog in de takken. Harry houdt de adem in, trekt zijn schouders op en wanneer de grote wolk voor de zon schuift en alles grauw wordt, rilt hij. Ik houd de adem in en denk niet meer tot de zon er terug is, het moet nu zijn alsof ik nooit met Julie op de witte zandbank Mandungu... en... heb je al gehoord van de Zilveren Vloot, de Zilveren Vloot van Spanje? Luisteraars, nu voert het kinderkoor onder leiding van eerwaarde heer Luyten voor u Vlaamse liederen uit, eerwaarde heer Luyten is dik, kaal maar toegewijd en hij staat soms op de tenen, vooral tijdens de krachtige passages en slaat dan verwoed de maat met een belachelijk stokje terwijl de juffrouw, vooraan in de vijftig en nog altijd maagd, gepast op de piano begeleidt, maar zie, plotseling, onverwachts, begint ze een lustige mars te spelen met de woorden 'en zolang als de lepel in den brijpot staat, dan treuren wij nog niet, dan treuren wij nog niet'.
De zon komt weer te voorschijn en Harry, schokkend van het lachen, rolt opzij tot tegen de rugzak, trekt de canvasriem uit de gespen, geeft een ruk aan het koord en haalt er een braadpan uit, een half brood en een rond aluminium doosje.

Hij kijkt rond, het bos in, en hij ziet dode takken tussen de dennen liggen en hij weet dat het goed droog hout is en dat het zal branden zonder rook. Hij gaat het bos in en verzamelt takken, een armvol, en hij gooit ze naast de rugzak. Hij zoekt een dikke tak en begint de aarde los te wroeten. Hij maakt een smalle geul en schept de losse aarde eruit met zijn handen en de aarde is koel en vochtig.

Dan begint hij de takken te breken en het gekraak weerklinkt vreemd in het bos. Hij knielt en maakt vuur. De vlam likt aan de droge twijgjes en het begint te knetteren. Hij legt er een paar dikke stukken op. Als hij ziet dat het vuur bijna niet rookt, lacht hij. Hij speurt de vlakte af, maar er is niets. Hij haalt een U.S.-japkiller in een ijzeren schede uit de rugzak en opent het aluminium doosje. Er zit een vettig papieren pakje in. Hij opent het pakje, ruikt eraan en glimlacht. Het is gerookt spek. Hij trekt de dolk uit de schede, veegt hem af aan zijn broek en snijdt zorgvuldig vier plakjes van het spek, legt ze in de braadpan, bergt het spek terug in het doosje en sluit het. Dan zet hij de braadpan op het vuur. Hij gaat er op zijn knieën bij zitten en kijkt geboeid toe.

Het spek begint zacht te kissen, de stukjes krullen om, worden doorschijnend en het vet begint te smelten en loopt in de pan. De goede geur van gebakken spek komt in zijn neus. God in de hemel, wat heb ik een honger, denkt hij, ik kan me niet voorstellen dat ik ooit in mijn leven zo'n honger heb gehad.

Hij prikt met de japkiller in het spek, keert de plakjes om en om en als ze bruin worden, keert hij ze nog eens om en houdt de braadpan schuin. Het vet loopt van de ene kant naar de andere en kist hevig. Dan zet hij de pan van het vuur.

Hij trekt de rugzak weer open en rommelt er wat in, haalt er een dikke grijze trui uit, een trench-coat en een busje Nescafé. Nee, denkt hij, nu geen koffie. Water koken zou alles bederven en ik heb bovendien geen trek in koffie. Hij maakt de gesp van een zijzak los en haalt er een zwarte fles uit.

Wijn is beter, denkt hij, wijn is in alle opzichten de geschikte drank om bij spek en volkorenbrood te drinken terwijl de zon warm op je gezicht schijnt.

Hij hurkt, snijdt zorgvuldig drie sneden van het brood, ruikt eraan en glimlacht breed. Hij gaat gemakkelijk zitten met zijn rug tegen de spar, doopt een stuk brood in het spekvet en propt zijn mond vol. Hij kauwt en als zijn mond leeg is, eet hij drie grote happen brood met een lapje spek en het smaakt lekker, hij spoelt alles door met een slok wijn en hij geniet van de prikkeling van de wijn met de volle smaak van goed tarwebrood-en-spek en hij eet lang en smakelijk, veegt tenslotte de pan schoon met stukjes brood en drinkt opnieuw, spuwt de laatste slok op de grond en zegt hardop: 'Voor de aardgoden.'

De wijn zakt warm naar zijn maag en zoals altijd voelt hij zich welwillend, tevreden, koninklijk onverschillig. Hij laat een luide boer.

Hij haalt langzaam een pakje sigaretten uit zijn borstzak, schudt er een uit en steekt 'm op. Hij kijkt naar de ruwe schors van de den voor zich. Waar de levende takken beginnen is de schors rosbruin en glad met kleine schilfers.

Mbamba, denkt hij, Ingrid, Pam, Julie...

Waarom moet ik altijd aan vrouwen denken als ik goed gegeten heb? Misschien omdat het diep in je zo'n honger geeft als je er geen hebt.

Hij inhaleert diep en sluit zijn ogen.

... 6 JUNI 1956. HET DORPSPLEIN VAN BODEDE ligt verlaten.

In de katoenhangar, plomp blok midden op het maanovergoten plein, brandt licht boven een tafel. Een blanke gekleed in kaki safaricoat zit te schrijven. De blanke heeft een korte krullende baard en de huid van zijn armen en gezicht is getaand. Hij maakt bevolkingslijsten op, die hij afschrijft van vellen papier vol streepjes. Hij verdeelt de bevolking in kolommen mannen, vrouwen en kinderen, belastingbetalers en vrijgestelden en hij is er aandachtig mee bezig en nu en dan neemt hij een slok whisky uit een glas afgedekt met een bierviltje. De colemanlantaren, aan een houten haak boven de tafel, suist zwaar, zuigend en er vliegen kevers en muggen rond, snorrend, zoemend, hun vleugels verbrandend, neertuimelend, stuurloos rondwentelend op de tafel en op de aarden vloer.

De blanke legt zijn vulpen neer, rekt zich geeuwend, krabt heftig zijn buik, flanken, borst, kijkt tenslotte op zijn polshorloge en zegt hardop: 'Godverdomme, al halftien,' en schuift de opvouwbare kampeerstoel achteruit, staat op en gaat met stijve benen naar de uitgangspoort van de hangar. O, die lauwe nachten, denkt hij en er komt een glimlach over zijn gezicht, ik kan dit klimaat niet meer missen, heel mijn gestel is erop afgestemd, ik heb het voor het eerst gemerkt toen ik weer eens voor zes maanden in dat verrekte België was en de eerste morgen uit bed wilde stappen en met een gil mijn voeten van de ijskoude vloer wegtrok. Een geluk dat ik weer in Afrika ben. Een goed land, een verdomd goed land. Een land waar je iedere nacht van het jaar in shorts en hemdje kunt rondwandelen is een goed land. Zelfs de grond is nog warm en...

De blanke houdt stil, al zijn zintuigen gespannen, over het dorpsplein schuiven twee schimmen. Hij tuurt de nacht in en als hij een koperen knoop in het maanlicht ziet glanzen, lacht hij breed met witte tanden. Hij hoort duidelijk het schuren van blote voeten over de harde grond van het plein. Hij knipt zijn zaklantaren aan en richt de straal op de gedaanten, waarvan de grootste een hand opsteekt en zacht iets roept. Dan knipt hij het licht uit. Een grote struise neger in indigoblauw uniform, rode fez schuin op het hoofd en leren koppelriem met matrak groet onberispelijk, kijkt even over zijn schouder heen en zegt, vrolijk grijnzend naar de blanke: 'Kom dan toch...' tegen een kleine smalle gestalte, strak in een sarong gehuld, richt zich weer tot de blanke en zegt gedempt: 'Hier heb je ze dan, Mangbodo...'

'Mmmm, is zíj het wel?' zegt de blanke in plat boslingala.

'Ie-ie-ie, heb ik je ooit al belazerd?' zegt de neger met een vlugge blik op de blanke.

'Zwijg, ouwe schurk,' zegt de blanke traag en de neger grinnikt met schokkend bovenlijf. 'Ik ga dan maar, Mangbodo,' zegt hij en verdwijnt met lange passen in de richting van de hut, stoot het deurtje van boomschors open en dan staan op het verlaten dorpsplein vol maanlicht nu, de maan staat hoog boven de zwarte borassuspalmen, roerloze tempelzuilen, twee gestalten: de blanke, groot, breed, wijdbeens, de handen in de zakken van zijn shorts en een eindje daarvandaan, klein, tenger, een vrouw.

Hij gaat op haar toe en ze houdt een slip van de sarong voor haar mond en giechelt en schommelt wat met haar bovenlichaam en haar ogen blinken groot en ondeugend en de blanke ziet de lange gladde arm en hij moet slikken.

'Ben je daar?' fluistert hij en zijn stem klinkt vreemd.

Ze laat een luid klikkend keelgeluid horen.

'Ben je gekomen uit eigen beweging?'

Keelgeluid.

'Zonder dwang?'

Keelgeluid.

'Dus ben je daar eindelijk?'

Keelgeluid.

'Mijn hart is vol vreugde.'

Onderdrukt gegiechel en een voet die traag figuren tekent in het zand.

'Kom...'

Ze gaan langzaam, hand in hand naar de katoenhangar. Haar handje is koel, hard, droog en hij loert opzij en ziet dat ze een mooi profiel heeft met een fijne gebogen neus, gebombeerd voorhoofd en een zeer mooie mond met volle lippen. Ze is klein (hij heeft een hekel aan grote vrouwen) en niet meer zo jong, hij schat vijfentwintig want haar borsten hangen af, hij ruikt de golf goedkoop Bint-el-Sudan-parfum, hij glimlacht en voelt zich opeens erg blij en dan bereiken ze de katoenhangar. Hij sluit de lattenpoort, legt de balk in de haken, pompt de coleman bij tot het licht helwit is en dan kijkt hij haar aan en ziet dat ze even aantrekkelijk is als 's middags op de volkstelling en ze heeft een prachtige huid en een rug als een zeepaardje en hij weet dat hij stevig en warm zal aanvoelen onder de dunne sarong, ze is blootsvoets en heeft kleine pezige voeten en hij voelt zich plots overstelpt van geluk en lacht zijn tanden bloot en ze bekijkt hem en lacht ook en hij ziet nu dat het een mooie, vriendelijke jonge vrouw is en hij houdt zijn adem in (om niet oneindig teder te zeggen: 'Mijn engel, mijn duifje,' want alles in hem trekt samen), en ze werkt met de ogen en haar wimpers zijn gekruld en ze wieken traag op en neer en ze heeft de getatoëeerde schijfjes op haar wangen rood gekleurd en de wenkbrauwen en ogen bijgewerkt met zwartsel.

Hij sleept een rotanstoel vanachter het kampbed-met-klamboe, nodigt haar uit om te gaan zitten en houdt al haar bewegingen in het oog en ziet dat ze lenig, sierlijk en nauwkeurig zijn en hij glimlacht weer.

'Een glaasje?' Hij ontkurkt de whiskyfles, steekt de stop tussen zijn tanden.

Ze trekt de wenkbrauwen bevestigend op, vraagt zacht, hees 'Wisiki?' naar de fles loerend.

Hij lacht, schenkt in en zegt: 'Mannendrank, taboe voor jullie vrouwen...'

'Waaaaapi!'* roept ze met een loze lach en de blanke voelt zijn keel dik worden, die stem, helder, jongensachtig en toch gutturaal...

Ze drinken en ze kucht en blaast en schudt haar hoofd en ze lachen naar mekaar.

'Hoe is je naam?' vraagt hij en weet wat ze zal antwoorden en dan zegt ze luchtig 'Dinges' en hij moet er toch om lachen en dan lachen ze samen zoals alleen onbezorgde mensen kunnen lachen en dan zegt ze, na een grote slok en een krochend 'heù!': 'Ik ben namelijk de dochter van Augustin Lingbindi, die deze morgen belasting heeft betaald aan je klerk terwijl jij de venten en wijven telde,' en haar Lingala heeft niet dat slepende, platte accent van de bosnegers en hij denkt,

* ga weg

ze heeft ingeboren adel, ik zal de afstamming van haar clan morgen nakijken, ik wed dat hij tot de oudste tak van Bokoi behoort en hij zegt 'nog?' en ontkurkt opnieuw de fles, maar ze schudt neen met een 'uh-uh' en dan staat hij op en wijst naar de teil water achter het bed 'als je wil...', maar ze antwoordt 'dat is al gebeurd' en dan volgt ze hem naar het bed, los, zonder angst of schroom en hij trekt de klamboe opzij en maakt hem vast, dooft de coleman, knipt de zaklantaren aan en legt shorts en safaricoat op een stoel, schopt zijn sandalen uit, kruipt naakt onder de lakens, legt de handdoek klaar en wacht.

Hij ziet dat ze de kleine schaamlap onder haar sarong afdoet. Ze gaat op het bed zitten, veegt haar voetzolen schurend tegen elkaar, loert opzij en zegt 'doe het licht uit' en als het uit is, hoort hij de sarong afvallen en dan rolt ze met een soepele ruk onder het laken. Ze omklemt hem, tast nerveus, zucht 'ingila'* en hij vindt het zonder te zoeken. Het is zeer droog en hij duwt en ze beweegt en slaat een been over zijn schouder.

Waarom heb ik niet meer gedronken, ik vergeet het altijd en hij beweegt en opeens is alles in haar week, vlokkig, glad, knedend leven, het is een sterk dier, ze hééft het, denkt hij, juicht het in hem, ze hééft het, hééft het, een warm sterk dier, vrouwen zijn dieren en ze begint hoog te kermen en dan is het er en hij trekt terug en ze jankt (hij heeft nooit iemand zo horen janken) en hij vouwt de handdoek op en gaat op zijn rug liggen, tast naar het pakje sigaretten op de stoel naast het bed en in het licht van de lucifer ziet hij

* kom

haar met een lege blik naar het dak van de klamboe, de donkere ruimte in staren en als hij de eerste haal uitblaast, trekt ze haar hand uit de zijne.

'Wel, kleintje?' vraagt hij onverschillig, leeg dier.

Ze zwijgt. Buiten slaan nu hamerend de vampiers. Een brede bundel maanlicht schijnt door het open venster op de katoenvlokken.

'Ik ben niet ziek, blanke...' fluistert ze, toonloos, effen.

'Dat weet ik, kleintje,' zegt hij.

Dan, na een lange stilte: 'Waarom deed je dat, blanke?'

'Wat?'

'Dàt...'

'Ik wil je niet zwanger maken, kleintje.'

'Ik zal nooit baren, blanke.'

'Weet jij dat zo zeker?'

'Ik werd tweemaal verstoten... daarom...'

De blanke voelt zijn keel droog worden van angst.

'Ben je wel in regel gescheiden van die mannen, heeft je vader de bruidsschat terugbetaald?' vraagt hij snel, gejaagd.

'Ja, blanke,' zegt ze opnieuw toonloos, 'alles in orde, wees maar niet bang, mijnheer.'

Dan ligt hij een lange poos te roken, beschaamd omdat ze hem doorzag, het blanke varken, de lafaard. Hij schiet het peukje weg en de gensters spatten uiteen. Opeens zegt ze hees: 'Als je het nog eens zó doet, dan ga ik weg en als je me laat roepen, zal ik niet meer komen.'

Hij draait zich langzaam naar haar toe, steunt op één elleboog en ziet haar ogen blinken, ze is een menselijk wezen, ze voelt, denkt, met een eigen ik, behoort aan

zichzelf en zoekt iets, (wat?) bij *mij* en ik heb me ge-
weigerd, o er is niets zo verschrikkelijk als zich te
weigeren aan een mens die zich wil geven (dat wonder), het is waarschijnlijk zonde, de oorsprong van de
zonde en opeens weet hij met grote zekerheid (één
van die onfeilbare zekerheden) dat ze de waarheid
sprak, ook over dat andere en er gaat iets door hem
heen, jong, jubelend, jeukend, een rukkende stroom,
bijna pijn, zou het liefde zijn? denkt hij, geluk? en hij
neemt haar in zijn armen en ze duwt haar kroeskopje
vast tegen zijn kin, haar vingers strelen door zijn haar,
hij denkt, ik ken niet eens haar naam en hij kust haar
schouder die hard is en de geur van houtvuren heeft.
Ze begint te fluisteren in een taal die hij niet verstaat
en nu is het glad en het gaat makkelijk en ze duwt tot
het niet meer verder kan, wat een vrouw, gaat het
door hem heen, we zijn voor elkaar gegoten, liefde is
lichaam, geest is fictie, ik voel de stroom in haar. Als
ze gilt en kwijlt en bijt en hij knarsetandt, hangen ze
aan mekaar als piepende jonge vogels.
Daarna liggen ze stil.
Hij trekt terug. 'Néé...' fluistert ze, 'blijf.' Ze kust
hem en hij weet dat ze nooit tevoren kuste en beseft
nu dat de kus over heel de wereld overgave betekent
en ze streelt over zijn gezicht en kust zijn mond en
haar speeksel is koel en smaakt naar whisky en van
haar boventanden zijn hoekjes afgekapt en 'je zweet'
zegt ze dan en neemt haar sarong en droogt zijn rug
af en als hij zijn onderlijf beweegt, geeft ze hem nerveuze klopjes op rug en flanken.
'Voel,' zegt ze.
'Hoe doe je dat?'
'Zo...'

'Van binnen?'
'Mm.'
'Was het goed?'
'Heel goed. Je bent een màn. Eindelijk heb ik een man. Doe ik het beter dan je andere vrouwen?'
'Veel beter...'
'Leugen.'
'Echt. Zeg, hoe heet je?'
'Dinges.'
Ze lachen gedempt, schokkend, zich smorend in het kussen. Dan zegt ze aan zijn oor 'Mbamba' en hij glijdt dieper, laat zijn handen strelend langs haar flanken omhoog gaan, kneedt haar volle borsten.
Dan neemt hij haar hoofdje in zijn grote handen en zegt met een krop in de keel: 'Wil je van mij worden, Mbamba?'
Haar adem stokt. Ze spant zich. Hij glijdt eruit.
'Wel?' zegt hij.
'Dat meen je niet ernstig, Mangbodo...'
'Mijn kop eraf, Mbamba.'
'Je praat als een kip.'
'Dat zeg je maar...'
'Hoe, dat zeg ik maar?'
'Ik zal morgen met je vader gaan praten.'
'Dat is een mannenpalaver...'
'Een glaasje whisky?'
'Al wat je wil.'
'Ik heb maar één glas...'
'Al wat je wil.'
Als ze gedronken hebben, maakt ze hem zorgvuldig schoon met haar sarong en hij voelt zich zeer ontspannen en gelukkig, hij knipt de zaklantaren aan, gaat rechtop zitten en ze bekijken elkaar. 'Tala,' zegt ze en wijst naar zijn schouder.

'Luipaardwijfje,' zegt hij lui.

Ze geeft hem het glas. Hij drinkt genietend.

'Nog?'

'Uh-uh.'

'Mbamba?'

'Eéé?'

'Heb je genot gehad?'

'Veel...'

'Erg veel?'

'Met jou zal het wel altijd zo zijn, denk ik. Je bent goed gemaakt. Groot. Zeg blanke?'

'Mm...'

'Ik zou graag even wateren.'

'Kom...'

Ze staan op en hij schuift de balk uit de haken en ze gaan naakt het maanovergoten dorpsplein op, dicht tegen elkaar aan gedrukt, de lauwe nacht op hun huid en ze spreidt haar benen en sprietst daarna een straal spuug in het zand. 'Kom,' zegt ze en ze helpt hem en als het voorbij is, slenteren ze naar de katoenhangar, waar nu een broeiende warmte hangt, en hij legt de balk in de haken en laat zich op het bed neer, dat lauw is en klam.

Terwijl ze zich wast, ligt hij te roken. Hij luistert naar de vampiers die als razend slaan en ze moet blijven, denkt hij, ze moet, móet nu blijven...

Harry opent de ogen en kijkt naar de vlakte voor hem. De zon gaat onder achter het bos, hij zit nu in de schaduw, maar de vlakte ligt nog in de volle zon. De duinen hebben een kleur van oud goud in de zon.

Hij rilt en kijkt op zijn polshorloge. Hij staat moei-

lijk op, rekt zijn benen en krabt zijn flanken en ellebogen. Die verdomde jeuk, het is zeker filariose, ik
zou bloed moeten laten trekken in het Tropisch Instituut, zou dat mooie verpleegstertje er... och!

Hij trapt zand in de as die nog rookt, strooit er dennenaalden op, gooit het gebroken hout het bos in
en steekt de braadpan, de fles en het brood, de trui en
de regenjas terug in de rugzak, rijgt hem dicht en
kijkt rond. Hij luistert gespannen. Diep in het bos
schreeuwt een gaai. Kort daarop nog eens. Als een
gaai tweemaal kort achter elkaar schreeuwt, is er niets,
denkt hij.

Hij neemt de rugzak op. Langzaam werkt hij zich in
het draagstel, kijkt nog eens naar de grond, bukt zich
en neemt een handvol dennenaalden, strooit ze op de
plaats van het vuur en maakt alles gelijk met de voet.
Hij kijkt nog eens het bos in en luistert. De wind is
nu opgestoken en hoog in de takken is er een zacht
geruis. Harry luistert naar het ruisen van de wind in
de sparren, aanrukkend, wegstervend. Hij luistert gespannen.

'Come on, Harry,' zegt hij plots hardop. Zijn stem
klinkt vreemd in het bos.

Hij werkt de canvas lendeband van het draagstel wat
omhoog en gaat de heide in. Hij vindt dadelijk het
paadje. Hij volgt het tot aan de hoek van het bos en
daar komt hij in de volle zon.

... 4 MAART 1957. 'NEE, NIET BEPAALD,' zei de heer Pollet afgemeten, een volgetypt vel papier uit een dossier nemend, het klemmetje zorgvuldig bevestigend, 'privé...' en bekeek hem, de glazen van zijn Amerikaanse bril flitsten even, er stak wind op.

Harry keek naar de hoge kale bomen met de afhangende lianen, de scheve hutten met de vuurtjes, de hurkende vrouwen, de rook die laag wegdreef, zijn stoel kraakte, de mens beloert me, mijn broeder beloert me, zal me het hart splijten, erin trappen, zijn handen zijn kaal en slap en toch wreed, wurgershanden, het vlies (ik voel het vlies), ik verberg me erin, het maakt me onkwetsbaar...

'... lt vermoeden, laat ik me niet voor de eerste de beste zaak een halve dag door de moerassen slepen. Wel, ik zal er maar niet langer omheendraaien. Het schijnt namelijk dat jij in euh... concubinaat leeft met een zogenaamd christelijk gehuwde vrouw, wèl door haar gewezen echtgenoot sinds jaar en dag verstoten en in regel gescheiden volgens het adatrecht, maar volgens zekere lui die hier notabene in Kongo een machtige pressuregroup uitmaken, gebonden door zekere, hoe zou je dat zeggen, onverbreekbare heilige banden... nee, onderbreek me niet...' (die schreeuw daar is van een toekan of neushoornvogel of songa, hij zal zeker op een kale tak zitten en vruchten afrukken en de tak zal zwaaien en vliegend heeft hij het profiel van een Thunderjet, songa is dus een vogel, sanga het

puntig vijlen van tanden, sango vader, patriarch, clan-
overste, somba is imperatief van kosomba-kopen,
sambo zeven, samba, mambo, chachacha, rumba, la
konga, Chicita, Carmen Miranda...).
'... handig in elkaar gezet en knap afgewerkt, kijk
maar. De gouverneur schrijft me namelijk dat een
pater van de katholieke missie van Bodongo die zaak
weer opgerakeld heeft in een brief van, even kijken,
ongeveer euh... twee maanden geleden met notabene
kopie aan de procureur, de aartsbisschop en de G.G.
himself...'
(... ook vooral de sjah van Perzië niet te vergeten, de
paus van Rome, president Eisenhower, de Lord Zegel-
bewaarder, maarschalk Tito, Mao Tse Toeng, Attila,
Djengiz Khan, Diocletiaan, Titiaan, Arjaan, Janus
met het dubbele voorhoofd, de Modderen Man, in
zee pissen terwijl je drijft, in de lavabo, tegen de benen van een politieagent, hij heeft rimpels, kraaiepoot-
jes, hoofdschilfertjes, denkelijk wormpjes...)
'... echtgenoot zelf geen klacht indiende, waren we
niet verplicht erop in te gaan. Zoals je wel weet is
overspel alleen tegen de openbare orde als één van de
echtgenoten een klacht indient. Dat was dus uit de
voeten, dàchten we. Nou, de pater in kwestie is blijkbaar zijn licht gaan opsteken bij een jurist, want veertien dagen later kregen we een keurig getypte brief
van de echtgenoot zelf, nu bediende bij Congofrigo in
Leopoldstad, aangetekend verzonden met kopie aan
je weet wel wie. Geen speld meer tussen te krijgen.
Wat je noemt met scherp schieten. Echt iets voor die
euh... enfin. Wel, ik luister...'
(... ik moet nu antwoorden, iets vinden dat in verband
staat met deze woorden, de juiste volgorde vinden,

daarmee de dreiging afwenden, me uit het vlies rekken en de stem in het aangroeiende geruis, is het míjn stem? '... kt... um... iet... r... ét?'; ik ben nu niet mezelf, nu treed ik verstijfd uit het omhulsel, het ik van de andere planeet van miljarden jaren geleden neemt nu bezit, de menselijke geest is eeuwig...)

'... kunnen dèkken in zùlke zaak?' riep de heer Pollet half lachend uit, de armen bezwerend gespreid. In de lucht dreven hoog witte wolken, een vrouw riep schel iets over het uitgestorven plein, een hond blafte, dit zou doorgaan.

'Wat moet ik doen?' zei Harry bibberend (een vraag met biljoenen antwoorden, maar één antwoord, hèt antwoord zal hier tellen, zal al het andere vernietigen, zal universeel worden evenals de mens die het uitsprak, genadeloos, gedreven door dat ongelooflijke, de vervloeking, de hel, waar twee mensen elkaar ontmoeten begint de hel, en dit hier is de afbraak, de afbraak zal nu doorgaan, is reeds begonnen).

'... later geweldige spijt van zult hebben, maar u ziet zo bleek, voelt u zich niet wel?'

'Ik voel me héél wel, mijnheer Pollet, ik voel me in topvorm, mijn gezondheid is uitstekend, mijn hart klopt regelmatig, mijn lever scheidt genoeg insuline af, mijn gal genoeg gal, mijn nieren genoeg urine, mijn tong genoeg woorden, ik ben een ambtenaar gebonden door de eed van trouw aan Land en Koning, een modelambtenaar is gehoorzaamheid verschuldigd aan zijn overste en volgens dit onomstootbare beginsel zal ik nu doen wat u zegt, ik zal àlles doen wat u van me verlangt, u mag mijn hart splijten, mijn bloed drinken, mijn zenuwen aan stukken trekken, ik zal het toelaten, hier ben ik, de mens, het heeft geen belang, niets heeft belang, over vijftien of vijftig of vijfhonderd miljard jaren zal er niets meer van dat alles overgebleven zijn, alles wat we gedaan, gedacht, gevoeld hebben, zal vergeefs geweest zijn en dan zullen jij en ik en de miljarden anderen, gesneuveld voor God en Vaderland... tararara...! of afgeslacht voor petroleum, goud, rubber, een heuvel, een put of een Idee... tararara enzovoort, of gecrepeerd aan kanker of blaasontsteking of ineens op straat aan een beroerte in een plas pis of brullend in een brandende auto of in een wit bed oprecht beweend door vrouw en kinderen, weer opgenomen zijn in het Niets, waaruit we toevallig ontstonden en je mag nu àlles met me doen, ik geef je de vrijheid, dat woord, heb je een stuk huid nodig, snij het uit, of een oog of een oor of een teelbal of een klis haar, hier is het, hier is alles. Neem En Eet, Dit Is Mijn Lichaam, o de schoften, de schoften, de ròtschoften!'

'Mijnheer, u wordt gek, behéérs u!'

'Gèk, zeg je? Gèk? Wéér een woord. Wéér één van de duizenden woorden waar ik van kots! Als iemand het lef heeft te zeggen wat hij denkt en voelt, dan is hij gek in dit hondse bestaan, maar indien hij leeft als een godverdomde hypocriet, met een bek kwijlend van woorden als Vooruitgang, Recht, De Rechten Van De Mens, Eerbied, Berouw, Zonde, Goed, Kwaad, Moraal, Fatsoen, een knoeiboel waar ik mijn hakken aan veeg, dan wordt hij geacht, dan wordt zijn naam met eerbied uitgesproken door jullie vergulde smeerlappen, slippendragers, racisten, klerikale rotzakjes, ook al is zijn hart een ijsklomp. Jullie bestaan heeft alleen maar zin omdat jullie je doorlopend bemoeien met zaken die je geen barst aangaan, jullie hebben het altijd maar over Respect, Respect, Moraal (ik kots), maar zeg eens, waarvoor hebben jullie eigenlijk respect? Weten jullie wat respect, naastenliefde – samengevat – beleefdheid is? Heel eenvoudig: geen vragen stellen, elkaar met rust laten, met rùst laten, met rùst laten, hoor je dat? Ik zou nu desnoods kilometers op mijn knieën kruipen voor om 't even welke mens, voor om 't even welke god en roepen: 'Laat me met rùst, beveel dat ze me met rust laten, Mens of God of Niets!' En nu ga ik je zeggen wat ik van plan ben te doen en jij of de procureur of de inquisiteur of de G.G. himself mogen op hun kop gaan staan, daar heb ik schijt aan. Ik ga nu alles overboord gooien voor een vrouw, alles overboord gooien, niet in naam van de Liefde of de liefde, die gekwijlde woorden, maar voor een zwarte teef met een vervloekte zwarte huid en armen die kunnen knellen en zachte afhangende borsten en harde billen en een gespierde buik en ze is vriendelijk en opgewekt als een jonge vogel en ze houdt van me en ik houd van haar en ze hééft het, o ja, dat fluïdum, deze genade, Anderen Hebben Echter Onherroepelijk Op Grond Van Dogma's Beslist Dat Ze Niet Van Me Màg Houden, dat ze Moet Houden van een man waarvan ze walgt en ze beroepen zich op woorden als Trouw en Geoorloofde Liefde en Geestelijke Banden en Onverbreekbare Heilige Banden, woorden, woorden, woorden met hoofdletters die ze doorlopend kwijlen in hun kerken die winkels zijn waar de leer van de filosoof Jezus op een sluwe manier wordt verdraaid tot een systeem om een duizendjarige geestelijke dwingelandij te handhaven door terreur en decreten, dogma's, inquisitie, index, resems gebeden gemummeld in een taal die niemand begrijpt onder gouden kruisen vol Aztekenbloed, met tingelende bellen en lijkzangen en wierook en rammelende geldschalen, ja, geld dàt vooral, lees de ongelooflijke geschiedenis van dat duizendjarig imperium en je walgt ervan, van de Grote Huichelarij, de Grote Verdwazing, je gelooft dan in niets meer, alleen dat je mens bent en dat je ademt en leeft en je hoopt alleen dat er ergens een God is, want iedere mens snakt met al de vezels van zijn wezen naar een God die rechtvaardig is en goed en oneindig barmhartig, niet deze fictie, verzonnen door een groep tirannen die zich al eeuwen volgezogen hebben met zweet en bloed en geld en die hun godsfictie nog altijd krampachtig in stand weten te houden in een eindeloze verveling die je in het gezicht slaat als je in een kerk tussen de geeuwende gelovigen zit en, mijnheer Pollet, ik vraag je één ding, het is een kleine gunst die ik je vraag, laat me met rust, laat me minstens voor een week met rust en zie je deze papegaai van me, mijnheer Pollet? Hij klimt nu op mijn stoel en zijn naam is Jako en hij houdt van me en hij zal zijn bek tegen mijn gezicht komen aanduwen en beetjes in mijn oor geven en blij piepen als ik op zijn kopje krab, en weet je waarom ik dan een beetje gelukkig ben, mijnheer Pollet? omdat ik weet dat een papegaai nooit huichelt. En ga nu weg, wil je, laat me met rust en schrijf aan de gouverneur en de procureur en de inquisiteur dat mijn antwoord 'shit' is in alle talen.'

... en toen hij weg was en ik slap, bibberend, doodmoe de hut weer binnenging, waar Timotheus tegen een dakpaal aan zijn tenen zat te pulken, riep ik: 'Mbamba, Mbamba-éééééé!' opeens vol vreugde en liefde en verlangen naar haar, het spoelde in golven door me

89

heen en Jako kwam aangewaggeld en ik nam hem op en hij duwde zijn kopje piepend tegen mijn wang en ik kuste het en de tranen sprongen me in de ogen.

Timotheus keek schichtig, toen ik hem vroeg waar Mbamba was.

'Mwasi akei,' zei hij tenslotte, toen ik hem woest bij het hemd greep, 'de vrouw is weggegaan... en ze vroeg één zaak: niet te trachten haar in te halen.'

Ze was mijn eerste vrouw. Ze is in Leopoldstad aan gele koorts gestorven. Sterven aan gele koorts is verschrikkelijk.

... APRIL 1957. IN HET KLEINE KANTOOR IS het snikheet. De blanke zit ineengedoken in zijn stoel en bekijkt met half toegeknepen ogen de neger die voor het bureau staat, de rechterpols met een handboei aan de linkerpols van de zwarte politieagent geklonken. Hij is naakt op een smerige gescheurde schaamlap na, zijn huid is grauw en schilferig, zijn vuil rattig haar staat in plukken overeind en aan één kant is zijn gezicht opgezwollen en geschramd. Hij kijkt dwars door de blanke heen met een lege, doffe blik en hij stinkt.

De blanke zet de vingertoppen tegen elkaar, bekijkt onverschillig de politieagent, sluit de ogen en zegt kortaf, moe: 'Wel?'

'Hier is hij dan, blanke van de Staat,' zegt de politieagent.

'Zo, herrie geschopt?'

'Gewèldige herrie, blanke van de Staat, gewèldige herrie.'

Op dat ogenblik werpt de neger een vlugge blik op de blanke, slikt en maakt een schrapend geluid.

'Zwijg, ongewassen strontbeest,' snauwt de politie-agent, 'open alleen je strontbek als de blanke van de Staat je wat vraagt,' en hij geeft een ruk aan de handboei en er komt een trek van pijn op het gezicht van de neger.

'Wel, ik luister,' zegt de blanke tegen de politieagent, die kucht, zijn fez verzet en de mond opent om iets te zeggen.

'Eerst zweren,' zegt de blanke met de blik op het plafond gericht, achteroverliggend, schommelend met zijn stoel en tegelijk komt met een lauwe windstoot de sterke muskuslucht van de neger in zijn neus.

De politieagent bukt zich, strijkt met een wijsvinger over de cementvloer, brengt hem aan de keel en mompelt 'shelega...'*

'Wel, ik luister...' herhaalt de blanke en begint aandachtig het korstje van een zweer op zijn elleboog los te pulken. Hij luistert verstrooid naar de inleiding, laat de politieman doorpraten, denkt, nog achttien dagen en dan zit ik op de boot naar Europa en wat zal het daar weer zijn? Negen kansen op tien gore rotzooi zoals overal, misschien een blanke griet om eens lekker mee te naaien-zonder-zweten in een gekoelde cabine, hoe lang is het nu al geleden dat ik nog blank vlees heb geproefd? Dat was Pam in Saint Tropez in 1954, geschikte griet, heet, poen, mooi, verstandig, de meest zeldzame combinatie... *was hij er niet en ik zei tegen de capita, capita zei ik, haal 'm nou als de weerlicht uit dat godverdomde bos, want anders zal ik eens een smerig rapport aan Mangbodo uitbrengen en dan zal er deining komen en toen...* het eerste wat ik doe,

* ik zweer

is mosselen met frites gaan eten in Antwerpen, ergens in de omgeving van de kathedraal, mosselen met frites en een groot glas Pils en de volgende dag twee dozijn oesters met citroen en peper en een flesje Moezelwijn, juist op temperatuur zodat je glas licht aanslaat, wat zeg ik, twee dozijn? vier dozijn!... *'en weet je wat hij zei, het stuk drek? Agent, zei hij, je kunt over mijn lijk stappen, maar meegaan dóe ik niet en raak me asjeblief niet aan, anders móet ik een moord doen en ik zei No-di-Djé kerel, ik heb niet pamba-pamba* door de hete zon bergop-bergaf gereden met een fiets van de Staat en je gaat met me mee, arrez, vite, maar...'* ik ga me dit-maal in het Tropisch Instituut laten inenten met een autovaccin tegen tropenzweren, want die antistafy-lococcen-S kuur heeft geen zier geholpen. Zou dat schatje van een verpleegstertje er nog zijn, dat de vo-rige vakantie zulke extra fijne naalden uitkoos en zo nadrukkelijk in mijn biceps kneep – om de juiste plaats te zoeken natuurlijk –? blond en slank en met een fris lavendelluchtje en zulke verdomd mooie be-nen dat je brandde van lust om er eens over te strelen en langzaam je hand onder haar rok omhoog te laten gaan tot aan het kantje van haar... verdomd schei uit Harry, och het zal best zijn nog eens die gladde Thé-rèse van Bobinda... deze avond moet Timotheus ze maar eens (het beest blaft om voer) gaan halen, ze doet het niet slecht, heeft geen luizen en is steriel op de koop toe... *'en hier is hij dan, het strontbeest, de luizige stinker, blanke van de Staat, zo is het...'*
De blanke zucht diep, duwt even op zijn gulp, trekt de la open, haalt er een flesje mercurochroom uit en

---

* voor niets

een dotje watten. Hij bevochtigt het dotje en ontsmet de zweer op zijn elleboog. Hij geeuwt, duwt de la weer dicht, buigt zich naar voren, bekijkt de neger recht in de ogen en zegt temerig: 'Welnu, broeder, wat heb je dáárop te zeggen?'

De neger slikt, kijkt schichtig, wrijft over zijn platte neus en zegt schor: 'Allemaal leugens, blanke.'

'Zwijg, strontbeest, makak, chimpansee, stuk drek van je moer,' roept de politieman en haalt de matrak uit de leren houder aan zijn koppelriem.

De blanke legt met een verongelijkt gezicht de hand-palmen tegen zijn oren en als de politieman de neger drie, vier nijdige matrakslagen geeft (met de vochtige smakken van alle matrakken van alle politiestaten ter wereld), zegt de blanke 'sssst...' en heft één hand op.

'Waarom heb je weerstand geboden aan de politie, broeder?' zegt de blanke glimlachend, zacht tegen de neger, die nu kreunt en beurtelings zijn gewicht van het ene been op het andere overbrengt als een kreu-pele hond. Hij zwijgt.

'Spreek als de blanke van de Staat je iets vraagt, stuk drek van je moer!' schreeuwt de politieagent en geeft weer een harde ruk aan de handboei.

'Mijn vrouw is hoogzwanger,' zegt de neger moeilijk, 'en ik vroeg aan uw politieman of ik haar eerst niet naar de kraaminrichting van de missie mocht vergezel-len alvorens mee te komen zoals hij vroeg, blanke van de Staat, maar hij weigerde en toen...'

'Toen moest je vechten zoals het jullie verdomde ge-woonte is, bende wilde varkens dat jullie bent!' zegt de blanke in rad Lingala en er komt een nijdige trek op zijn gezicht.

De neger zegt niets en kijkt star voor zich uit met in zijn ogen die absolute leegheid.

'Dus je hèbt gevochten met de politie?'

'Mijn vrouw was...'

'Je hèbt dus gevochten?'

'Doe je bakkes open en antwoord, stuk drek!' Een nijdige ruk aan de handboei. De neger kreunt en siddert. Er loopt een straal zweet over zijn borst.

'Je hèbt dus gevochten, broeder?' zegt de blanke zeer zacht, met valse ogen.

'Wat is er nog te zeggen, blanke?' zegt de neger dof. Hij laat zijn hoofd hangen.

De blanke neemt zuchtend een vel papier van het stapeltje, trekt de gouden dop van zijn vulpen en begint nerveus te schrijven. Dan zegt hij achteloos, al schrijvend: 'Twee maanden gevang wegens rebellie en smaad aan een politieagent in uitoefening van zijn ambt, vijfentwintig frank gerechtskosten en bij ontstentenis van betaling drie dagen dwangarbeid; politieman scheer zijn kop kaal en laat hem inschrijven door de gevangenisklerk en ga ermee naar de bron want hij stinkt als een hele bende likota-apen.'

De politieman salueert, stampt met één voet op de vloer, geeft een ruk aan de handboei en zegt: 'Kom stinker, hier hebben we tenminste zeep-van-de-Staat genoeg om je vuile reet mee te wassen.'

Met gebogen hoofd sjokt de neger achter de politieagent aan.

De blanke haalt een Albert uit een blauw gekreukt pakje, tikt de tabak vast op het bureau, steekt 'm aan en inhaleert, hoest blaffend en veegt het zweet van zijn hals met een kaki zakdoek...

6

Harry vliegt overeind met een schreeuw. Hij tast gejaagd onder het kussen naar het pistool, woelt, maar (dan hoort hij opeens de regen tegen de ruiten en het zoeven in de schoorsteen en het is hier koud als in een kelder en ik ben in België en het is weer die droom en ik ben kletsnat en mijn zweet riekt zuur, ik ben slap, vroeg oud, bibber als een zieke hond, ik zal niet lang meer leven en had ik nu maar mijn pistool, het zou de eenvoudigste oplossing zijn).

Hij zakt moe in het kussen en staart de donkere kamer in. Hij ligt lange tijd naar het huilen van de wind te luisteren. Hij ademt bijna niet (zou ik niet zachtjes kunnen wegglijden in het rijk van de stille stoom met in de verte soms een klagende stem?).

Opeens komt hij overeind en tast onder het bed naar de fles, klikt de stop eraf en drinkt. De whisky brandt in zijn keel en dadelijk voelt hij de warmte in zijn maag. Hij drinkt nog een paar lange slokken en sluit de fles. De warmte verspreidt zich langzaam door zijn bloed naar zijn hersens, zenuwen, spieren. Hij kijkt op zijn polshorloge, houdt het dicht bij zijn ogen want het is donker. Halfvijf.

Hij klikt de stop weer van de fles en drinkt een lange slok, houdt hem een poos in zijn mond en slikt. Hij blijft rechtop zitten en trekt de dekens dicht tegen zich aan.

... 12 SEPTEMBER 1960. JULIE GREEP OPEENS zijn arm en

kneep en fluisterde hees, wild: 'Een raceboot, dáár!'
en André zei lijzig: 'Is dat Irebu niet?'
Harry kreeg een hol gevoel in zijn maag en begon te
zweten, het zweet brandde onder zijn oksels. Hij rispte op en moest slikken om de zure smaak weg te krijgen.
Achter een eiland omvaren was nu te laat, maar hij
ging zo ver mogelijk stuurboord en bleef in de schaduw van de overhangende bomen, vlak tegen de oever
van het eiland. Toen hij weer naar de opengekapte
strook, de rechte rijen palmbomen, de gebouwen met
gegolfde plaatijzeren daken van het militaire kamp
keek, deden zijn kaakspieren pijn.
Dan zei Julie hoog: 'En daar komt hij, Mangbodo...'
Hij keek haar zijdelings aan, duwde de gashandel zo
ver mogelijk naar voren. Ze had zweetdruppeltjes op
haar neus en ze hield zijn arm vast. Haar hand beefde
en hij dacht aan de eerste maal in de bar 'Chez Laurent' toen hij die kerel met het leren jasje een trap in
zijn buik had gegeven, buiten was het heet geweest als
in een oven.
Hij durfde niet te kijken, maar toen, opeens, hoorde
hij het. Eerst ver weg, maar het kwam snel naderbij.
Het hoge gegier van een buitenboordmotor. Hij keek
en zag het. Het was duidelijk als een geprojecteerd
diapositief (waterski in een prachtige zomerse baai,
Florida, Agfacolor). De raceboot zette koers pal in
hun richting, de boeg hoog boven het water met veel
wit schuim en golven in het kielzog. Harry keek gefascineerd toe. Toen hij op ongeveer honderd meter
was gekomen, zwenkte de raceboot bruusk af en
schoot langszij enkele malen op en neer als een kwade
tor en Harry keek en voelde toen zijn bloed stilstaan.

Achter in de raceboot zaten twee gehelmde soldaten. Negers.

Hij keek Julie aan. Haar mondhoeken hadden schokjes.

Harry verloor het bootje geen seconde uit het oog. Het bleef aldoor met hoge snelheid over en weer varen. Op afstand. Het volgde hen. Harry gaf een teken aan Julie en ze nam het stuur over. Hij haalde de Bren vanonder de voorplecht, klapte de tweepoot open en legde vier magazijnen op de doft. Hij keek over het water met de handen boven zijn ogen. Het bootje bleef hen volgen. Toen ze vlak in het zicht van het militaire kamp lagen, hoorden ze een doffe knal en dadelijk daarop sloeg de eerste mortiergranaat met een fontein in het water. Het was ver mis, maar Harry begon onmiddellijk in zigzagkoers te varen. De mortieren begonnen nu volop te vuren, maar de granaten sloegen te ver naar links en veel te kort in. Een ogenblik scheelde het geen haar of de raceboot vloog in de lucht. Toen waren ze blijkbaar uit het schootsveld van de mortieren of wat ook, want er gebeurde niets meer. Harry hield nu de raceboot voortdurend in het oog. En tegelijkertijd André en Timotheus. Ze zaten bibberend, ineengedoken als bange honden tegen de voorplecht. André zag grijs van angst. Timotheus had een rozenkrans rond zijn nek hangen en bad hardop. Julie lag tegen hem aan. Haar hand lag op zijn dij. Ze zweette. Hij dacht aan die eerste maal in de bar 'Chez Laurent' toen ze de haartjes van zijn dij vlocht. Hij keek gefascineerd naar haar mooie fijne handen.

Opeens hield het gegier van de raceboot op en de boeg zakte in het water en toen lag hij stil. Harry gooide de motor af en de stilte suisde in zijn oren.

Hij keek en zijn ogen deden pijn van over het water te kijken. Toen zag hij een helgeel vlammetje uit de raceboot slaan, een kogel ritste een lange baan over het water, sloeg in een golf en ging jankend over hen heen. Het schot ging af als een zweepslag en de echo weerkaatste drie-, viermaal tegen de wouden.

Harry had voor het eerst in zijn leven dat beklemmende, opwindende gevoel, een schietschijf te zijn. Hij voelde de jeukende spanning in zijn ruggegraat, daarna de zwaarte in zijn knieën.

Hij greep de Bren en voelde het staal van de loop. Het was koel. Hij glimlachte. Hij werd zeer kalm. Toen sloeg de eerste kogel in de plaatijzeren romp van de sloep. Een slag als van een voorhamer.

André begon hoog te kermen, Timotheus schel een psalm te zingen.

'Houdt godverdomme jullie smoel!' schreeuwde Harry en draaide de ronde schijf van het vizier op tweehonderd yards, knielde, trok de grendel achteruit, drukte de kolf in zijn schouder en klemde de tweepoot tegen de afloopgoot van de romp.

Hij haalde diep adem, mikte, de boot schommelde (met de tracers heb ik hem dadelijk) en begon te vuren. Hij gaf korte vuurstoten van vier-vijf schoten en verplaatste zijn vuur en dan had hij hem te pakken en bij iedere treffer sloeg er een helrode gloed als van een uitbrandende fusée uit de fiber romp van de raceboot. Hij werd wild, trok het lege magazijn eraf en stak er een vol op en rook de scherpe kruitlucht en trok de grendel achteruit en drukte de kolf weer tegen zijn schouder en mikte, maar één van de soldaten in de raceboot begon met zijn helm te zwaaien, de motor sloeg aan, gierde hoog en hij ging er full speed vandoor.

Er was maar één soldaat meer, schoot het door hem heen. Hij voelde koud zweet in stralen van zijn rug lopen. Hij kon niet meer slikken en kreeg rillingen alsof er malaria opkwam.

'Schiet, schiet, Mangbodo, mijn luipaard,' fluisterde Julie hijgend. Ze haakte met haar nagels in zijn arm. 'Schiet hem overhoop, het beest, het stuk drek van zijn moer, bètè, bètè!'

Hij begon opnieuw te schieten, liet de tracers langzaam op het doel komen en de laatste kogels troffen de soldaat vlak in de rug, hij sloeg overboord en de raceboot begon in een kring rond te draaien, kwam in zijn eigen kielzog terecht en kapseisde. De lichtgroene romp lag even als een grote vis op het water en zonk. Harry smeet de lege magazijnen op de vloer en hoorde André piepen als een jonge hond. Hij trok het pistool uit zijn schouderholster.

'Is dat godverdomme úit met jullie gejank!' schreeuwde hij hees en vloog op André af en sloeg hem uit alle macht tegen zijn kin. Hij ging achterover en kwam met het achterhoofd tegen de ijzeren wand terecht en begon schor te huilen met de handen op het hoofd en Harry werd razend en begon hem in zijn buik, flanken, romp te trappen en toen begon André voor zijn voeten te kruipen en hij moest zich met alle macht inhouden om het pistool niet in hem leeg te schieten.

'Jij schijtende rothond!' schreeuwde Harry, 'als je niet ophoudt met daar te liggen grienen als een godverdomde teef, dan donder ik je overboord, hoor je dat, makak, drek van je moer, stinkend zwart stuk drek van je moer!'

De neger kroop en kermde en spuwde bloed en slijm.

'Schiet me maar dood als een schijtende hond, als een

makak, als een chimpansee, als een vuile nikker, zie je
die huid, blanke, zie je die verdomde zwarte huid van
een nikker, blanke?' schreeuwde hij schor en wees op
zijn armen, buik, borst, hij sloeg zich voor het hoofd,
zijn gezicht was verwrongen en nat van de tranen,
'schiet me maar dood, blanke, ik ben tòch al gestorven, o moedertje, moedertje aiéééé, aiéééé!'
Harry wendde het hoofd af, keek wild naar Timotheus. Deze zat met gesloten ogen te bidden. Zijn
gezicht was oud en ingevallen, het was vertrokken
alsof hij ergens diep in zich erge pijn voelde...

Harry opent zijn ogen. Het wordt licht buiten. Hij
kijkt verbaasd naar de schemerige kamer met het kacheltje, de stapel gezaagd berkehout, de mand met
twijgjes en gebroken takken. Het waait buiten en
Harry luistert naar het suizen van de wind in de sparren en het rukkende gezoef in de schoorsteen. Het is
kil in de kamer.
Hij zit ineengedoken, met zijn rug in de kussens, star
voor zich uit kijkend, de deken strak om zich heen
maar toch rillend en als de zon opkwam was het een
tijd kil en zeer vochtig, denk hij, maar als ze dan
enkele minuten later door de nevel brak, hevig, warm,
de dauwdruppels schitterend en als de mukoikoi riep,
helder als een klokje, weemoedig als de wielewaal in
de hoogzomer en buiten op de barza stond je je te
rekken en de frisse lucht in te ademen en je te krabben en binnen riep ze lui 'Harry, kom in bed...' en
dan riep je 'Néé...' maar je rende naar binnen en je liet
je op het bed vallen en ze lag in een broeiend warm
nest en de gladde stevige armen, de zachte dijen om-
klemden je en ze trok de deken goed vast rondom je

omdat je dan altijd rilde en er was dat vertrouwde tasten en strelen en giechelen van haar omdat het zwol en néé, ik mag niet meer denken, denken is nu noodlottig, ik moet iets dóen, onmiddellijk iets doen, me met iets bezighouden, anders is het er weer en... ik ga vuur maken, denkt hij, plotseling opgelucht, de dekens met een ruk van zich afgooiend, hij trekt de grijze trui van de stoel naast het bed, werkt 'm over zijn hoofd, zit nog een ogenblik voor zich uit te kijken en springt uit het bed.

Hij zoekt zijn sandalen, trekt de pyjamabroek af want ze spant tussen zijn benen en knielt bij het kacheltje. Hij begint met het rooster te schudden en als de asbak vol is, trekt hij hem eruit en gaat ermee naar buiten.

In het halfdonkere bos is het nat en mistig en koud en het waait. Hij ziet zijn adem en ruikt de vochtige schimmellucht van het bos. Hij kiepert de asbak om en de wolk fijn stof waait weg en slaat neer.

Hij kijkt naar de lage lucht met voortjagende grijze wolken en gaat rillend naar binnen.

Hij neemt twijgjes en wat droge takken en duwt alles in de kachel en legt er een paar stukken zwaar hout op, strijkt een lucifer aan en wacht tot de vlam zuiver brandt. Hij schuift de asbak erin, slaat het luikje dicht en luistert naar het geknetter. Er komt rook door de reten van de kachel en hij draait de sleutel wat verder open. De kachel begint nu hevig te jagen. Harry wacht tot hij goed doorbrandt en tikt met zijn voet tegen de sleutel, onderwijl zijn buik onder de trui krabbend. Hij geeuwt met wijdopen mond, strijkt zijn haar achterover, kijkt aandachtig in het spiegeltje en wrijft het vuil uit zijn ogen.

Ik was me straks, denkt hij opeens onverschillig, vast-besloten alle narigheid ver van zich af te zetten, straks als het hier lekker warm is was ik me en dan ga ik misschien buiten wat hout zagen, maar eerst gaan we eten, eens smakelijk en op ons dooie gemak eten.

Hij neemt een pot die op de vloer in de hoek staat en heft het deksel op. Het is stew van reeboksvlees, lever en niertjes, ui en laurier in donkere wijnsaus, nu wit gestold met vettige randen.

Hij steekt zijn neus in de pot en het water komt hem in de mond.

Met een blik appelmoes, brood en Chianti is dat iets om je ziek te eten, denkt hij. Ik heb hier een hele pot stew en brood en appelmoes en genoeg Chianti om een ploeg Italiaanse wegwerkers mee omver te krijgen. Wat heeft een mens meer nodig in zijn leven dan te kunnen doen waar hij zin in heeft, denkt hij, eten wat hij graag lust op de uren van de dag dat hij echt hon-ger heeft, zonder dat iemand zich met zijn zaken gaat bemoeien, zonder dat er iemand al was het maar ge-durende één enkele seconde per dag zich met zijn zaken gaat bemoeien. Wat zou het leven prachtig zijn als de mensen elkaar met rust konden laten, denkt hij, want waar twee mensen elkaar ontmoeten, begint de hel. We kunnen niet zonder elkaar en waar we elkaar ontmoeten, begint de hel en... En nu ga je godver-domme uitscheiden met dat diepzinnige gemier en als de wind die rommel opwarmen.

Harry zet de pot met stew voorzichtig op de kachel. Hij gaat naar de tafel, neemt het broodmes en snijdt twee sneden van het tarwebrood. Hij gaat naar het bed en trekt er de houten kist onderuit. Hij rommelt wat in de conserven, haalt er een blik appelmoes uit en zet het naast het brood op tafel. Hij haalt een lepel uit de la, trekt een stoel bij de kachel en gaat zitten. Hij heft het deksel van de pot en begint traag in de stew te roeren. Het ruikt goed en Harry snuffelt als een gretige hond.

Hij roert en de stew wordt warm en er komen blaasjes op en het ruikt nu erg lekker. Hij roert en de blaasjes stijgen regelmatig op en de saus begint zacht te sudderen.

Eerst eten en dan aan Julie denken, eerst eten, me eerst halfdood eten aan die goddelijke stew, denkt Harry, en daarna zullen we nog zien wat we gaan doen, aan Julie denken, of aan Mbamba, of Ingrid of aan de hoer Kongo of aan alle hoeren van de hele wereld. Hij schept zijn bord vol. Ontkurkt de mandfles en giet het glas boordevol rode wijn.

... JULI 1957. ER BLEVEN NOG VIER eindeloze maanden over. Ik móest uit België weg. Ik stikte er. Ik kocht voor vijfduizend frank een rammelende, schorre Oldsmobile met een grote scheur in het canvas van het dak, never mind, in het zuiden van Frankrijk ligt de kap toch altijd open. Ik pikte ergens rond Gap in een haarspeldbocht een Zweedse op. Ze stond te liften en wees op haar fiets toen ik in een stofwolk remde. Ik keek naar de fiets en de versnelling was onklaar. Ze was op weg naar de Rivièra, zei ze in langzaam, duidelijk Engels, and this euh... bloody bike. We gooiden de fiets op de achterbank, ze kroop bij me vooraan, ik startte en deed de banden in de bochten gieren en ze riep boven het geraas van de wind uit: 'My name 's Ingrid.' – 'Mine 's Harry,' schreeuwde ik met een grijns. Ze was knap, blond, slank, gebruind, blue jeans, afgelopen mocassins, een breed rood lint in het haar.

In Courségoules stopte ik aan een van die landelijke restaurantjes met kleurige parasols op het zonnige terras van rotssteen. We aten er brood met gebakken inktvis en zwarte olijven en dronken ieder een karafje witte wijn. De eerste olijf spuwde ze met een onbewogen gezicht uit, 'Muck,' zei ze. Toen ze me gretig olijven zag bikken, keek ze me aan vanuit haar ooghoeken en zweeg. Ze werd tipsy van de wijn en legde een hand op mijn arm, babbelde honderduit in rad Engels vol slangwoorden.

We hebben twee maanden rustig geleefd in het witte villaatje op een paar meter van de Middellandse Zee. Aan het eind van de tuin met oude cipressen en sanseviëria's waren dertig stenen treden steil naar beneden en daar was de zee, koel, doorschijnend blauw, met sneeuwwit schuim op de golven. We zwommen naakt, doken tussen de blauwgroene rotsen, lieten ons opdrogen in de zon, onbeschaamd als dieren in de jungle. Ze was volledig amoreel. Bij elke daad stel ik mezelf tenminste nog een vraag. Zij niet. We wandelden, praatten, los, koel als kameraden. Ze was erg begaafd in bed, maar ik had de indruk dat ze het deed zoals een geoefende tennisspeler zijn racket hanteert, soepel, efficiënt, vakkundig. Ik was haar partner. Als ik een fout maakte, kwam er iets als sombere razernij, een grenzeloze minachting in haar koude ogen. Anders heb ik haar nooit humeurig gezien. Als ik iets deed dat ze niet kon hebben, keek ze me even van terzijde aan en zweeg. Alleen in het orgasme had deze vrouw iets menselijks. Daarna sloot ze zich, als beschaamd over haar zwakheid. Met die verbeten trek op het gezicht, die men ook bij vele Duitse vrouwen aantreft.

Na twee maanden keerde ze terug naar Zweden. Ze studeerde voor apothekeres. Aan de universiteit van Uppsala, geloof ik. Ze stapte op haar fiets, zei: 'Thanks a lot, Harry, it 's the most fun I've ever had,' gaf me een hand en lachte haar mooie gelijke tanden bloot. Ze wuifde nog eens aan de bocht van de weg.

Die nacht lag ik alleen op mijn luchtmatras onder de sterren. Ik voelde me niet eens eenzaam, alleen maar opgelucht, leeg, onverschillig. We hadden twee maanden de tijd zoekgebracht, zonder sentimentaliteit, zonder complicaties. Twee maanden is al een verdomd lange tijd om zoek te brengen. Het was goed geweest. We hadden immers geen enkele geestelijke band gehad. Gelukkig, want dan wordt het vlug een melodrama.

Een week of wat daarna maakte ik kennis met Yvette, een Parisienne. Ze was terstond stapel op me, sprak van trouwen en een kind en trok me bijna in stukken. Hysterisch in bed zoals de meeste Françaises. Ze hebben er een soort nationale cultus van gemaakt. Dan nog liever Scandinavië. Hoewel ik moorden zou doen als ik nog maar dènk aan hun lijzige taal, hun uitgestreken facies met glazen ogen, hun walgelijke hygiëne, hun onuitstaanbare degelijkheid. O, ik spuw op de Zweden, ik heb ze leren kennen zoals ze zijn in Kongo. Achter hun zogenaamd evenwicht dragen ze het verval van te veel beschaving in zich. Ik heb altijd de stijve noordelingen gewantrouwd. Ze zijn te efficiënt om natuurlijk te zijn. Ik heb ze nu door, de Zweden, de Engelsen, de Hollanders. Koele kerkgangers in het vaderland, ongelooflijk perverse smeerlappen ver van huis, waar ze het beest eindelijk eens kunnen loslaten. In Leopoldstad heb ik met Zweden te maken gehad, o ik zou ze allemaal úitmoorden!

Enfin, juist op tijd kwam er een telegram van het Ministerie dat ik me onmiddellijk moest aanmelden op de Personeelsdienst in Brussel. Yvette maakte een scène zoals in de Franse films, ik liet haar door Maurice, de eigenaar van het souvenirwinkeltje, binnenlokken en opsluiten en sprong toen opgelucht in mijn car.

In één trek tot Brussel. Daar wisten ze te zeggen dat ik meteen de boot op moest in vervroegd vertrek en dat die zes weken dubbel zouden betaald worden. Dat was goed nieuws, want ik was totaal blut. Ik kreeg de chèque al dadelijk in handen, ging het reisbiljet op de Agence Maritime afhalen en was in de grond blij dat ik weer naar Kongo kon. In België was het natuurlijk regenen en waaien en in hotels logeren word je op het laatst zo moe als kouwe pap. En ik voelde me bovendien niet meer thuis in dat land.

De bootreis was een reuzerotzooi met drie stormen, kotsende vrouwen en jankende kinderen. We zaten in de Golf van Gascogne met zes mannen en een vrouw in de eetzaal soep te slobberen uit kommen met twee oren en de kelners schaatsten over de hellende vloer met borden half volgeschept op speciale houten dienbladen. Tenslotte waren we nog met z'n drieën, een tafelpoot tussen de knieën geklemd om niet weg te schuiven en een stortzee sloeg zes auto's van dek, het buffet raakte los en glazen kommen, tomaten, sla, gegarneerde schotels, komkommers, kaas, fruit, heel de santekraam kwam met veel gerinkel tegen de lambrizering van de eetzaal terecht. De stewards gingen rond met flitspuiten en verstoven eau-de-cologne in de cabines die naar braaksel roken en in Tenerife gingen er welgeteld vijftien man aan wal, de rest lag ziek op kooi.

Enfin, ambiance was er niet te vinden, er was geen enkele griet naar mijn smaak en het werd een vervelende rotreis, want je alleen staan te bezuipen aan de bar heeft ook geen aard. Tussen Lobito en Matadi barstte er een zuiger of wat in de motor en twee dagen en drie nachten lagen we in de vochtige hitte onder het zenuwslopende ritmische 'piesj-bràm, piesj-bràm' van ontsnappende lucht uit de cilinderkop. In Matadi was het drukkend heet met 's nachts zigzaggende bliksems aan de horizon, maar geen druppel regen. In Léo had ik het aan de stok met een zwarte taxichauffeur, een grote kerel met een gangstersmoel en tochtlatten. Hij eiste driehonderd ballen voor een ritje van de Regina tot aan de Otraco-beach, al bij al twee kilometer. Ik zei dat vijftig frank royaal de prijs was en hij begon te dreigen met een pak slaag. Ik gaf hem onverwacht een trap in zijn maag en een knie-stoot tegen zijn tanden, gooide vijftig frank op voorbank en slipte als een otter de boot op. Een kwartier later werd er zware herrie geschopt door een tiental zwarten, die als gekken op de deuren van de cabines begonnen te bonken en riepen dat ze die smeerlap, die blanke hond aan stukken zouden snijden en in de stroom gooien en door het muskietengaas van de deur herkende ik de taxichauffeur met bloed op zijn gezicht en gezwollen lippen. Hij had een plaatselijke knokploeg opgetrommeld. Zware jongens met spijkerbroeken, hoogopgekamde kuiven en leren jasjes. Ik stond tegen de deur geplakt met mijn Browning ontzekerd in de hand. De kapitein van de boot belde de politie op en de jeep arriveerde een half uur later met veel sirenegejank, maar de kerels waren 'm al gesmeerd. Er werd zelfs geen onderzoek ingesteld en ik hield me koest in mijn cabine. Toen ben ik voor het eerst gaan vermoeden dat er iets misliep in de hoofdstad. Het was toen einde 1957.

Ik werd aangeduid als eerste assistent voor Mabila, een post aan de Kongostroom. De baas daar was de oude Clerckx, Mbula-de-Stortregen voor de negers. Indertijd was Mbula door de zwarten gevreesd als de pest, maar nu was hij dik, afgestompt van het bier zuipen en hij bekeek de boel met geringschattende lodderogen, wachtend op het eind van zijn carrière om rustig in een bungalowtje ergens in de buurt van Pretoria te gaan rentenieren. Hij was sinds 1938 niet meer in België geweest en was onder de oorlog met een Zuidafrikaanse getrouwd, volgens foto's een prachtexemplaar, maar ze had hem laten stikken voor een rijke Portugees. Dat was de reden waarom er in zijn gewest geen Portugees het waagde iets tegen de wet te ondernemen. Als Clerckx de naam Portugal alleen maar hoorde, spuwde hij vlammen. Over het algemeen liet hij de boel rustig op zijn beloop en gaf me de absolute vrijheid, vooral toen hij in 1959 zag dat het spel langzaam maar zeker in het honderd liep. 'Als die driedubbele ezels in Brussel de boel hier naar de bliksem schoppen, dan ga ik als kleine garnaal mijn poten niet verbranden,' zei hij, 'laat ze de makakken de koek maar geven, hij zal wel in hun strot blijven steken. Die saak is niks vir mij nie.'

Er is eigenlijk over die beroerde periode niet veel te vertellen. Ik bekleedde een hogere functie, maar als

tweede van het gewest had ik weinig verantwoordelijkheid en de baas lapte de boel gewoon aan zijn
laars. Ik werd traditiegetrouw 'uitstekend' gequo-
teerd, maar kreeg nooit mijn vierde gouden balk, want
overal werd duchtig bespaard, alleen de heel hoge
pieten met politieke relaties werden normaal bevor-
derd.
Toen gaf ik het op. Waarom zich uitsloven voor niks?
Mijn enige houvast, werk en carrière, liet ik vallen.
Een van die koersveranderingen in de kwade richting.
Maar toevallig gebeurde er iets dat het toch een beetje
goed maakte. Het vreemde van de zaak was, dat er
een vrouw op het toneel verscheen. Ik ben geboren
onder de Schorpioen. Ik geloof niet aan astrologie
maar als ik me niet vergis staat de Schorpioen in het
teken van de phallus, de dood en het geweld.
Op 13 juni 1959 tekende de Schorpioen voorgoed
mijn leven...

Harry staat op van zijn stoel, trekt het kacheltje
open, vloekt, neemt een paar stukken berkehout en
gooit ze erin. Dan ziet hij dat er geen hout meer is.
Hij trekt zijn gezicht in rimpels, krabt in zijn haar en
kijkt door het raam naar buiten. Hij haalt de schouders op, gaat naar het bed en bukt zich. Hij rommelt
wat en haalt een grote spanzaag en een bijl vanonder
het bed.
Hij gaat ermee naar buiten en achter de bungalow
staat een scheve houten schraag en hij zet er de bijl en
de zaag tegen.
Waar het bos begint, ligt een grote hoop denne- en
berkestammen. Hij trekt een dikke den los, sleurt
hem naar de schraag en legt hem erop. Hij neemt de

zaag, spant de kabel met het dwarshout, betast de tanden van het zaagblad en begint krachtig te zagen. Na een minuut valt de boom in twee stukken en Harry bukt zich en legt het gevallen stuk op de schraag. Hij strijkt zijn haar achterover, kijkt eens naar de lucht en trekt zijn trui uit. Hij spuwt in de handen en begint opnieuw te zagen.

7

Harry kijkt naar het schilderij boven het hoofd van
de directeur die geduldig zit te wachten. Het stelt een
olieraffinaderij voor met zeeën, tankschepen, rook-
slierten, onweerswolken, de Apocalyps. Het is een
modèrn schilderij, denkt Harry, zelfs ùltramodern,
het moet zeker het succes en de expansie van de firma
over de wereld uitbeelden, alsook de verzekerde toe-
komst van vloeibare brandstof als onmisbare energie-
bron voor de wereldeconomie.
'Teer,' zegt Harry.
De directeur knikt. Hij is kaal, bleek en heeft een
dikke, zachte onderkin.
'En asfalt...'
De directeur trekt een pijnlijk gezicht en heft zijn
hand op. Net hotdogs, denkt Harry, witte hotdogs,
klaar om open te barsten, met een vork erin prikken
zou zo'n lekker mals geluid geven, een prikje, een
plofje.
'Asfalt is een oxydatieprodukt van áárdolie,' zegt de
directeur met nadruk, 'ik vroeg u basisprodukten van
stéénkool.'
'Ik weet het niet,' zegt Harry, 'ik weet het echt niet.'
'En benzol? Kent u geen benzòl?'
Harry zwijgt.
'Benzol is hèt basisprodukt bij uitstek in vele che-
mische industrieën,' zegt de directeur, 'het is bovendien een kòstbaar produkt. Het wordt onder meer uit
steenkool getrokken. In het kort gezegd is het een

distillatiefractie van steenkoolteer onder honderdze-
ventig graden en het bevat een mengsel van benzeen,
tolueen en xyleen. Om u een idee te geven van de
kostbaarheid: per ton steenkool recupereert men zes
tot acht kilogram, gedeeltelijk uit het gas waaruit
benzol bekomen wordt door een wassingsproces met
zware of middelzware oliën – die dan op hun beurt
weer uit steenkooldistillaties voortkomen – of uit cre-
sol dat gemakkelijk benzol oplost en een verschil van
distillatietemperatuur vertoont dat toelaat het gemakkelijk door verwarming te scheiden. Dat geeft natuurlijk "benzol brut" die essentieel onzuiver is en men
wast hem achtereenvolgens met zwavelzuur, water,
soda plus water en dan rectificeert men door middel
van gefractioneerde condensatie. Zoals u ziet niet zo
eenvoudig als u wel denkt, nietwaar?'
'O, nee,' zegt Harry en trekt zijn voorhoofd in rimpels.
'Wel,' herneemt de directeur opgewekt, 'dat is dàt en
nu om te besluiten nog een klein euh... maturiteits-
examen.'
Hij trekt een la open, buigt zich voorover, zijn onderkin zwelt op als een pad en hij wordt zeer rood en hij
legt een blad papier op het bureau. Hij neemt ook een
lang dun sigaartje uit een zilveren doos op het bureau,
steekt het aan en laat genoeglijk de rook uit zijn neusgaten komen.
'Wel, mijnheer,' zegt hij, opeens één en al activiteit,
'veronderstel nu's even dat we u bij voorbeeld op een
mooie dag erop uit zouden sturen om in zekere stre-
ken van ons land *benzinestations* op te richten.' Harry
gaat rechtop zitten en bekijkt de directeur verbaasd,
maar zeer aandachtig.

'Hier ziet u vijf mogelijke plaatsen op een grote weg,'
Harry kijkt naar het blad en de directeur wijst erop
met zijn gouden vulpotlood, 'laten we aannemen dat
punt A Oostende voorstelt en punt B Brussel en de as
AB is de autosnelweg die Oostende met Brussel ver-
bindt. Wèl, men geeft u nu de opdracht een benzinestation op de as AB te bouwen. Waar zoudt u dat het
best doen?'
'Dicht bij Brussel,' zegt Harry zonder na te denken.
'Goed, zeer goed,' zegt de directeur opgewekt, 'maar
langs welke kànt van de weg?' en hij heft een wijsvinger op, 'want dat is in ons geval van primordiaal belang.'
'Rechts van de weg, als je met je gezicht naar Oostende gekeerd staat,' zegt Harry.
'Uitstekend. Maar dat is uitstékend,' zegt de directeur enthousiast, tipt de as van zijn sigaartje en zegt:
'En wat heeft u ertoe aangezet om het station juist
dáár op te richten?'
'Dat zou ik niet kunnen zeggen, mijnheer de directeur,' zegt Harry.
'Oho...'
'Ik voel aan dat het zo moet zijn.'
'In de zakenwereld is feeling een kostbare gave,' zegt
de directeur met de armen priesterlijk gespreid, 'maar
ze moet zeer voorzichtig aangewend worden. Ik zou
graag een, hoe zal ik het zeggen, een meer gefundéér-
de uitleg willen. Wanneer ik bij voorbeeld in een rapport zou zetten: "Ik heb deze beslissing genomen
omdat ik voelde dat het zo móest," dan zou ik, enfin,
dat zou zeer sceptisch onthaald worden door de leden
van de beheerraad van Petrotex Belgium.'
'Ik weet het niet,' zegt Harry, 'ik weet het echt niet,
mijnheer de directeur.'

'Wel, als je 's morgens per auto uit een grote stad vertrekt, wat doe je dan?'
'...'
'Denk eens goed na.'
'...'
'Wel, laat je je *benzinetank* dan niet vullen?' zegt de directeur vrolijk lachend, de as van zijn sigaartje tippend, 'en ga je dan het risico nemen een drukke weg over te steken om links de oprit van een benzinestation te nemen? Hé? En dan zitten we meteen in de kern van de zaak.'
'Ja,' zegt Harry, 'dat kan wel waar zijn.'
'Zo, twijfelt u eraan?' zegt de directeur, zijn ogen guitig tot spleetjes geknepen.
'Nee,' mompelt Harry, 'ik zei zo maar iets.' Hij kijkt naar het schilderij met de tankschepen op de woelige zee, de groene wolken met paarse randen, de vuile rook.
'En als u een benzinestation in de bocht van een drukke weg gaat aanleggen, wat dan?'
'Dan zal ik altijd trachten het zo te plaatsen dat ik een zo groot mogelijk uitzicht op de bocht heb, vooral achter mij.'
'Goed. Uitstekend. En waarom?'
'Om te vermijden, dat een wagen onverwacht in mijn g... enfin, dat ik plots zou aangereden worden langs achter,' zegt Harry verveeld. Hij kijkt weer naar het schilderij en gaat comfortabel in de fauteuil zitten, hij legt zijn rechterbeen nonchalant over het linker en grijpt de schoen met twee handen. Hij begint te schommelen.
De directeur ziet het en doet met half toegeknepen ogen een paar trekken aan zijn sigaartje. Harry kijkt

114

naar de paarse commandeursrozet in het knoopsgat van de directeur en moet opeens aan het onderhoud op het Vast Wervingssecretariaat denken, een maand geleden, toen hij mee had gedaan aan het staatsexamen voor bestuurssecretaris.

... DIE KEREL VAN DE EXAMENCOMMISSIE had ook een commandeursrozet in zijn knoopsgat gedragen, een professor of zo. Hij had eerst een getal geschreven op een vel papier dat hij zorgvuldig bedekt hield en had toen zijn pijp opnieuw aangestoken en ze had gesnerkt.

'Wel, Mijnheer,' had hij gezegd. 'In. Welke. Streek. Van. Kongo. Hebt. U. *Verbléven*!' Het laatste woord had hij geroepen. Harry was ervan geschrokken. Hij wist niet dat uit de borst van zo'n smal mens zo'n geluid kon komen.

Hij was beginnen te spreken over Bokombo en na tien seconden had de professor hem onderbroken. 'Beter ar-ti-cu-le-ren!' had hij geroepen met zijn mond ver open.

Terwijl Harry verder had gesproken, had de professor nog eens zijn pijp aangestoken en opeens de hand opgeheven. Harry had zijn mond gehouden.

'Houdt u van kruiswoordraadsels!' had de professor geroepen.

'Ja,' had Harry gelogen.

'Zo. En waaròm?' had de professor gezegd, met zijn zwarte ogen diep in die van Harry geboord, verwoed in zijn haar krabbend, de schilfertjes vielen op zijn jas.

'Om te zien of ik ze uit kan krijgen,' had Harry gezegd.

'Uitkrijgen is verouderd Nederlands!'

'Gedaan krijgen dan.'
'Iets gedaan krijgen van iemand heeft een heel andere betekenis!'
Toen had Harry niets meer gezegd.
'U wordt dus in dat geval louter door nieuwsgierigheid gedreven?'
'Ja, mijnheer,' had Harry moe gezegd.
'Is het ook niet uit nieuwsgierigheid dat Eva in de appel heeft gebeten?'
Harry had hem verbaasd bekeken en dat holle gevoel in zijn maag gevoeld en de professor had achteloos 'ukuntgaan' gezegd en had iets geschreven op het blad papier, het zorgvuldig bedekkend met een ander blad papier.
Harry was buitengegaan en de vloer had een ogenblik vervaarlijk gedeind en de kamerbewaarder had hem aandachtig aangekeken. En daarna had hij zich dagenlang ellendig gevoeld. Hij had zich nog dezelfde avond bedronken met goedkope whisky maar het was er slechts erger door geworden...

'Wel, dat is dàt en als laatste punt zou ik u graag willen vragen nog even aandachtig te willen luisteren,' zegt de directeur geforceerd vriendelijk, 'het is namelijk winter en wegens de ijzel is de aanvoer van mazout voor centrale verwarmingen erg vertraagd en een zeer goede klant van de firma staat op het punt zonder mazout te komen. C'est à vous maintenant de lui écrire une lettre dans laquelle vous tâchez de lui expliquer la situation de la façon la plus avantageuse pour la firme. Travail fort délicat, je dois le dire immédiatement. Ne faites par exemple pas de promesses que par après vous ne pourriez tenir. Enfin, rédigez une lettre dans les deux langues. C'est bien entendu un cas absolument fictif.'

'Doet u maar verder geen moeite, mijnheer de directeur,' zegt Harry moe.

'Wat zegt u?'

'Ik geef het op,' zegt Harry.

De directeur trekt het voorhoofd in rimpels en steekt zijn lippen vooruit.

'Wel,' zegt hij met een zucht, 'dan hebben we eenvoudig onze tijd verloren. Dat is jammer. Zeer jammer.' Hij klikt zijn vulpotlood enkele malen in en uit en kijkt zeer ernstig.

'Ik weet niet wat jullie, ex-kolonialen, bezielt,' zegt hij opeens, Harry recht in de ogen kijkend, 'het is een vreemd verschijnsel, het is alsof jullie absoluut geen zin hebben om in de Belgische gemeenschap opgenomen te worden. Niet alleen ìk stel dat vast. Ook collega's in andere firma's worden met hetzelfde fenomeen geconfronteerd. Mag ik eens een vraag stellen, mijnheer, want u bent me erg sympathiek?'

'Ja,' zegt Harry, 'gaat u uw gang maar.'

'Wàt maakt jullie zo onverschillig, zo nonchalant, zo...'

Harry kijkt een poos voor zich uit.

'Wij zijn ziek,' zegt hij.

'Ziek?'

'Ziek van dat land...' hij lacht een wrang lachje, 'wie de tropen niet kent, raakt daar niet bij, het... och, het heeft allemaal geen belang.'

'Kunt u dan niet teruggaan?'

'Nee. Dan wordt het alleen maar erger.'

'U zult zich toch éénmaal moeten aanpassen.'

'Ja,' zegt Harry, 'inderdaad.'

'U bent me zeer sympathiek. Als ik iets voor u kan doen...'

'Dank u wel,' zegt Harry. Hij schuift zijn stoel achteruit. De directeur staat op, lacht zeer vriendelijk en drukt Harry de hand.

Het Perzische tapijt is dik en duur, dacht Harry. Het zal zeker een mooie naam hebben, een stamboom, traditie, zoals alles bij de rijken, hun honden, hun wagens, hun sigaren, hun schoenen, hoeden, wijnen, stoelen en hij komt in de koele gang, daarna het trappenhuis met het gekleurde glasraam en hij gaat langzaam de witte marmeren trap af en zijn voetstappen weerklinken hol en de bronzen leuning is ijskoud en beneden in de hoge marmeren hal zit de onvriendelijke portier van daarstraks zijn krant te lezen met boven hem de bronzen plaat in basreliëf ter ere van de Helden Gestorven Voor Het Vaderland en de portier kijkt niet op als Harry passeert en buiten op de brede boulevard razen de auto's voorbij en Harry slentert tot aan de Wetstraat en daar steekt hij over en loopt voorbij de ministeries, het Parlement, de Koningsstraat in de richting van het Centraal Station.

8

... 9 SEPTEMBER 1960. GINDER, AAN DE GLADDE, zwarte, soms even schitterende rivier, wuifde Julie (die nu reeds in de prauw moest gesprongen zijn en het valies, ja vooral het valies meehad). Hij keek schichtig om. Op de galerij van het huis (wit in de zon, met errond palmen, bougainvillea's, struikjes, de pergola met de klimrozen en ervoor de Mercedes met de vlag, de luidspreker en de foto van Lumumba) bewoog niets. Hij ging achterwaarts naar de rivier, waar Julie (soms keek hij snel om) nu verwoed wuifde en zeker naar hem schreeuwde, maar hij hield onophoudelijk het huis in het oog, de Thompson, die koel en zwaar en vertrouwd aanvoelde, op de barza gericht om als er iets zou bewegen, te beginnen te schieten.

Achterwaarts gaand zakten de reservemagazijnen en ze gaan vallen, dacht hij, en ik mag ze niet achterlaten want soms beslist één patroon of het ontbreken van één patroon over alles en hij klemde de Thompson met één arm tegen zijn romp, trok de magazijnen omhoog en spande nerveus de riem twee gaatjes aan. In het huis bleef het vreemd stil. Toen hoorde hij in de verte een hoge stem, zeer zwak die 'aaaaaa-ie-ie' riep. Hij kreeg een schok en opeens kon hij niet meer slikken en alles in hem werd koud en trok samen en de haren van zijn borst en buik en dijen kwamen recht en háár mag nu niets gebeuren (schoot het dwars door hem heen) en...

... toen begon ik te rennen. Tot aan de rivier was het ongeveer driehonderd meter en het terrein daalde en ik rende al wat ik geven kon. Julie wuifde. Toen klonk achter mij een schot. Een kogel zoemde. Ik begon zigzag te lopen. Er klonken nog drie schoten en toen sprong ik hijgend in de prauw en verzwikte mijn en- kel. Ik gooide de Thompson neer en greep de pagaai. We zetten af en ik keek om. De Mercedes kwam aan- razen, remde in een stofwolk. Ze sprongen eruit. Eén had een pistool in zijn hand. Gelukkig geen karabijn. Er viel weer een schot. De kogel sloeg in het water op een paar meter van de prauw. Toen hing het me de keel uit. Ik liet de pagaai vallen, ontzekerde de Thompson en gaf vanuit de heup een lange vuurstoot af in hun richting, totaal onverschillig voor de gevol- gen. Ze stoven uit elkaar en zochten dekking achter de wagen. Toen vuurde ik het magazijn leeg op de Mercedes. Ik mikte zorgvuldig vanaf de schouder en de wagen vulde het ronde viziergat en ik loste korte buien van drie, vier schoten en na elke bui mikte ik opnieuw. Ik zag het windscherm aan splinters vliegen, een voorband liep leeg en er spoot water uit de radia- tor.

'Schiet ze overhoop, de godverdomde honden, de strontbeesten, de hoerenzonen!' schreeuwde Julie in extase, 'schiet dan ten minste die càr in gruis, Mang- bodo, mijn sterke man!'

Om haar plezier te doen en meer nog uit baldadigheid schoot ik ook het tweede magazijn leeg. Van de kerels geen spoor meer. De Mercedes was een wrak vol ga- ten. We roken de benzinestank tot in de prauw. Toen had ik er ineens genoeg van, ik werd misselijk van af- keer. Ik bekeek Julie. Ze stond schel te schreeuwen, zwetend van opwinding, ze voerde met ontblote borst een obscene overwinningsdans uit, scheldwoorden uitbrakend als een dol negerwijf. Ik gooide het machinepistool in de prauw en toen begonnen we samen uit alle macht te pagaaien.

Ediba en zijn mannen kwamen weer te voorschijn en die met het pistool loste nog een reeks schoten, maar toen waren we al te ver.

In de inham zaten André en Timotheus bij een vuur onder het afdakje te dutten. Ik schudde hen wakker, we sprongen in de boot, ik startte de motor en maakte de prauw met een eind kabel aan de spiegel vast. André trok de lus van de boomstronk en ik gaf vol gas.

We voeren de inham uit. Ik liet de boot een wijde boog beschrijven en we gingen Bokotolo voorbij op ruim een kilometer afstand. De Mercedes schitterde in de zon. Ik zag een blanke met een lap witte katoen wuiven. Ik wuifde terug met een stuk paan tot Bokotolo nog een wazige stip in de verte was.

We voeren langs de afgebakende vaargeul tot het begon te schemeren. Die avond was het een prachtige zonsondergang. We kampeerden op een eiland, even buiten de Otraco-vaargeul, uit het gezicht van voorbijvarende boten. Ik wilde tot elke prijs vermijden dat een Otraco-boot ons in de gaten zou krijgen. Die kerels hadden radioverbinding met Coq'stad en Léo en dat was zwijnerij.

We aten rijst met corned beef en het smaakte als een feestmaal. Ik gaf een fles whisky aan André en Timotheus. We stelden het kampbed op tegen de motorkap, met een stuk canvas erboven gespannen. De twee kerels sleurden hun rieten bed uit de sloep op het land, duwden vier stokken in de grond, gooiden hun klamboetje erover en rolden zich in een deken.

Die avond heb ik lang met Julie liggen praten. Kalm, dicht naast elkaar, een sigaret. Boven ons ritselden de bladeren en de nachtwind was lauw, er steeg mist op uit het water en de hemel stond vol sterren.

Bij dageraad braken we op. We hielden de vaargeul en de nevel dreef in slierten boven het water en het was fris en we droegen blue jeans en een wollen trui tot de zon de nevel had opgezogen en toen was het warm en toen ik onder de trui begon te zweten, trokken we alles uit en sloegen een paan om en bonden een stuk katoen om ons hoofd. En toen de zon over het water scheen en alles warrelde, moest ik mijn ogen toeknijpen en ik kreeg hoofdpijn van over het water naar de bakens te turen. In 1953 had ik de hele reis van Stan tot Léo een eenzame kapitein van een I.T.B. op de commandobrug gezelschap gehouden. Hij had me de kleuren van de boeien en de betekenis van de bakens uitgelegd en ik kon op het laatst varen als een stuurman. Ik paste geweldig op, want als je eenmaal buiten de vaargeul raakte, voer je verloren in de doolhof van rivieren, kreken en papyrusvelden.

Julie zat naast me op de doft. Ze liet me geen ogenblik alleen. We zeiden niet veel. Nu en dan een woord. Het monotone gebrom van de motor maakte ons slaperig. Timotheus scharrelde rond bij het vuur op de voorplecht en kookte op zijn gemak het eten. André mafte bijna de hele dag. 'De nachtaap Ngoingoi,' zei Julie, 'hij trekt zijn ogen open om tegen de maan te schreeuwen.'

In de hete middag van de tweede dag stootte Julie me opeens aan. 'Daar...' zei ze gejaagd, 'zie je het?' Ik keek. Ze had betere ogen dan ik. En toen zag ik een witte stip op het water met een rookpluim erboven.

Ik gooide het stuur pal bakboord en voer full speed naar een smalle geul tussen twee eilanden. Ik duwde de gashandel zo ver mogelijk naar voren, maar die godverdomde Perkins was geregeld op negenhonderd toeren en erover kreeg je 'm niet. De boot werd snel groter en hij voer ons voorbij toen we net de hoek van het eiland omgingen. De boeg schuurde over een zandbank onder water, de schroef stokte, ik ontkoppelde, schakelde in achteruit, gaf vol gas en we kwamen los en ik moest in een grote boog rond de beboste punt en de boot was nu op nog geen tweehonderd meter. Ik durfde niet te kijken.

De volgende dag moesten we voorbij Coq'stad. Ik besloot buiten de vaargeul achter het grote eiland over Bongata de avond af te wachten en heel de nacht door te varen in het licht van de volle maan.

... 12 SEPTEMBER 1960. DAARNA SLOEG ALLES me in de benen en ik heb eerst een fles whisky half moeten uitdrinken en toen zat ik tot 's avonds aan één stuk stomdronken achter het stuur. Julie kookte de pot, want Timotheus was geen pijp tabak meer waard, hij zat maar rozenkransen af te draaien en André mafte. De éne kant van zijn gezicht was gezwollen.

We overnachtten achter de kaap van een groot bebost eiland in een smalle overgroeide kreek en toen we de volgende morgen vanonder de klamboe kropen, was André verdwenen. Met zijn kleren, koffertje en deken. 'Wel?' zei ik pro forma tegen Timotheus, want ik was blij dat we die lamzak kwijt waren.

'De man is voorwaar gegaan,' zei Timotheus in archaïsch Lingala, 'vraagt men naar de man die gegaan is?'

'Wat heb jij?' vroeg ik.

'Niets, mijnheer,' zei hij met afgewende ogen, 'wat voor chop, mijnheer?'

'Rijst met blikvlees zoals alle dagen,' zei ik, 'of heb jij soms iets anders? Dan mag je er altijd mee komen.'

Hij begon traag vuur te maken. Julie nam me even apart.

'Van nu af doe ik de keuken,' zei ze.

'Ben je belazerd?'

'Ken je ons, zwarten, dan niet?'

'Timotheus doet zoiets niet.'

'Van gisteren af na dat palaver met de soldaten heeft hij twee harten,' zei ze, 'en door iemand met twee harten laat men het vuur onder de kookpot niet onderhouden. Dat is een oud Mokongo-spreekwoord.'

Ik had die negen jaren geleerd nooit de spreekwoorden van een land in de wind te slaan. We aten en Timotheus ruimde de boel af, deed de vaat en maakte de kabel los. Ik startte, de motor sloeg aan en ik gaf gas, maar het controlelampje van de oliedruk bleef branden, ik zag het toevallig en de naald van de drukmeter bleef op nul staan.

Ik voelde me koud worden van binnen.

Ik legde de motor stil, gooide de kap open en toen zag ik het. Op het lenswater in het ruim dreef olie. Ik trok de peilstok uit de carter. Droog. Ik tastte aan de onderkant naar de aftapplug. Hij zat er los op. Ik schroefde de vulstop eraf en keek of er geen zand in zat. Ik trok de plug vast met een engelse sleutel en vulde de carter opnieuw met olie. Ik startte en het rode lichtje ging uit en ik luisterde met de schrik om het hart naar een kloppende drijfstang. De motor draaide soepel, zonder bijgeluid. De naald kwam op tachtig bij vol gas. Ik moest even diep ademen.

We voeren die dag van vijf uur 's morgens tot acht uur 's avonds aan één stuk door. We ontmoetten twee I.T.B.-vrachtboten van de Otraco. Wel zeer ver bakboord, maar ze móeten ons gezien hebben. Julie was niet van me weg te slaan. Ze keek dromend over het water, glimlachte me toe als ik haar aankeek, kuste soms mijn arm. We rookten, namen het stuur van elkaar over, spraken een enkel woord, maar meestal zwegen we.

Timotheus zat als een zieke spaniel op de voorplecht, een hoedje op het hoofd. Het hoedje waarmee ik hem negen jaar tevoren had aangeworven, de arme kerel. Julie had hem gezegd dat hij niet meer aan het eten mocht raken. Hij had droef geknikte. Hij was in korte tijd een oude man geworden.

Die nacht sliepen we aan de westkant van een eiland tegenover Sandy Beach, een twintigtal kilometers voor de grote vernauwing. De stroming was daar al sterk. We moesten de boot voor en achter vastleggen. 's Nachts sloeg de prauw heen en weer tegen de romp en ik kwam uit bed om de achtersteven aan een boom vast te leggen. Timotheus sliep onder zijn klamboetje en veerde recht toen ik voorbijkwam. Ik zag een mes glimmen. 'Ben jij het, mijnheer?' zei hij dof. 'Ja, Timotheus,' zei ik, ziek van medelijden.

... 14 SEPTEMBER 1960. 'IK WIL ONTSLAGEN worden,' zei Timotheus opeens stug, terzijde loerend, 'de vrouw' (hij wees met de kin naar Julie) 'zal nu wel voor je koken en dan ben ik niet meer nodig. Ik wil ontslagen worden.'

125

Het gezicht van de blanke vertrok geen spier toen hij vreemd hees antwoordde: 'En waar ga je blijven' (broeder, wilde hij zeggen zoals vroeger soms maar hij zei man) 'man, je dorp is ver en...' De blanke maakte een vaag gebaar naar de oever met de wouden, roerloos want het was windstil en heet.

'Een oude hond verliest zijn weg niet,' zei Timotheus zonder de blanke aan te kijken, op de ijzeren rand van de boot trommelend met zijn vingers, de blik in de verte, 'zet me maar ergens af aan de Belgische kant. In een dorp. Om het even welk dorp. Een oude hond verliest zijn weg niet, *mijnheer*.'

Bij het *mijnheer* keek de blanke hem gespannen aan.

Negen jaar is hij mijn boy geweest, was hij mijn vriend, soms mijn broeder, dacht de blanke, maar zoals hij nu mijnheer zegt, heb ik het nooit gehoord.

Hij keek Julie aan die naast hem op de doft zat, het roer vasthoudend, maar ze keek langs hem heen.

'Geef me dan je werkboekje,' zei de blanke zacht, diep inademend.

Timotheus haalde het langzaam uit de achterzak van zijn shorts. De blanke nam het aan. Hij trok de Bic uit de borstzak van zijn hemd. Daarna opende hij zijn slangeleren portefeuille.

'Vijftienhonderd voor je maandloon,' zei de blanke.

'Dankje,' zei Timotheus, het geld aannemend.

'En...' de blanke slikte, glimlachte even, 'ik wil je... ik wens dat... als je later misschien nog eens aan je oude baas terugdenkt, het... met een welwillend hart zal zijn. Ik zal je voor elk jaar dienst nog duizend frank geven als beloning voor je trouw en ik dank je... man.'

Timotheus nam het geld met een stijve buiging aan.

De blanke wierp een snelle blik op Julie, die nu gespannen toekeek.

'Zet me dan maar af,' zei Timotheus, 'daar is een dorp.'

De blanke startte de motor, gaf gas en wendde de boot. Hij voer in een brede boog dwars door de stroming heen, een grote bos waterhyacinten vermijdend die langzaam stroomafwaarts dreef.

Het was een groot dorp met twee lange rijen hutten, witgekalkt met bruine fresco's erop. In het midden, onder een oude mangaboom met brede takken, stond een grote hut met plaatijzeren dak.

Hij zette de motor af en liet de sloep naar de oever toe drijven, waar rijen platte prauwen lagen. Uit de hutten van het dorp kwamen zwarten. Ze slenterden naar de oever. Kinderen riepen naar elkaar en kwamen aangelopen en keken naar de boot.

Opeens keek Timotheus de blanke star aan en fluisterde vreemd schor: 'Je hebt me nog geen échte beloning gegeven, mijnheer...'

Over het gezicht van de blanke kwam een flauwe glimlach.

'Is negenduizend frank dan geen beloning, Timotheus?' zei hij moeilijk.

De sloep stootte tegen de hoge oever aan, het water klotste tegen de romp.

'Geef me eerst nog twintigduizend frank,' zei Timotheus. Zijn ogen stonden vals en de adem floot door zijn neus.

'Neem je boeltje en ga aan land, Timotheus,' zei Julie opeens, 'en plaag de blanke niet met je nonsens, hij is goed voor je geweest, stuurt een vader zijn kind op reis met een lege mand?'

'Hou je mond, jij blankenvrouw,' zei Timotheus, snel in het water spuwend, 'de spreuken van de voorouders klinken vals in je mond, je hebt in dit palaver niets, maar dan helemaal niets te zeggen. Twee maanden is de grond van onze vaderen onafhankelijk en in dit land hebben blankenvrouwen als jij niets meer te vertellen. Eet jij maar mee van het gestolen geld dat daar in dat valies steekt, het steekt vòl geld, gestolen door die man van je van de Kongolese Staat en als ik een klein, o zo klein gedeelte ervan vraag, is het: neem je boeltje en ga aan land, Timotheus. Maar het zal ditmaal niet zijn van: ja, mijnheer, op ieder bevel dag en nacht, jaar in jaar uit, op zondag en in de week, ja mijnheer op: Timotheus, de koffie, ja mijnheer op: Timotheus, mijn handdoek, ja mijnheer op: Timotheus, mijn sokken, ja mijnheer op: Timotheus, fles bier of: Timotheus, ijs of: Timotheus, benzine in de wagen of: Timotheus, pomp de banden op, Timotheus, de slaaf van dag en nacht, de slaaf van zondag en weekdag, bàh!' en hij spuwde opnieuw in het water.

De kaakspieren van de blanke gingen ritmisch heen en weer. Hij zag bleek maar om zijn mond lag nog altijd die vage glimlach.

Op de oever stond een grote troep zwarten hen nieuwsgierig aan te kijken.

Opeens riep Timotheus (alleen een bosneger roept zo als hij een stuk wild gezien heeft om het in de netten te drijven): 'Hayééééééé broe-oe-oe-ders van mij-yééééééé! Deze blanke hier zoekt herrie met mij-yéééééé! Ik heb jullie hulp dringend nodig-éééééé! Helpen jullie geen broeder in de nood-éééééééieieie? Heb ik geen zwarte huid als jullie allemaal-ieieieieie? En zijn we niet onafhankelijk sinds enkele maandenieieieieie? En hij heeft geld, véél geld, gestolen van de

Stáát en het is hier in déze boot en hij heeft eergister bij Irebu twee van onze broeders solda...'

De blanke sprong vooruit en gaf hem met de voet een trap vlak in zijn maag. Timotheus bleef een ogenblik roerloos staan met ver uitpuilende ogen, fluisterde laag 'blanke hond' en ging als een zak door de knieën. Eén van de negers begon hoog en schallend in de richting van het dorp te schreeuwen. De blanke sprong naar het stuur, duwde op de starter en de motor sloeg brullend aan met veel zwarte rook. Hij gaf vol gas. De boot voer langzaam weg.

De negers op de oever begonnen nu luid te schreeuwen. Twee kwamen aanrennen met een speer in de hand. Een andere met een voorlader.

'Neem het stuur,' zei de blanke kort tegen Julie.

Met twee, drie passen, eerder sprongen was hij bij Timotheus die languit op zijn buik lag, kreunend, met de handen rondtastend in het lenswater op de bodem. Hij greep hem bij de broeksriem, rukte hem overeind, droeg hem naar de rand en stootte hem overboord. Hijgend, zwetend, de wurgershanden open, bevend over heel zijn lichaam, keek Harry toe hoe Timotheus wegzonk, proestend, klauwend, schreeuwend bovenkwam, opnieuw zonk en één van de negers dook het water in en sleurde hem aan de kant.

De negers op de oever stonden vuisten op te steken, rond te springen en te schelden en drie mannen sprongen in een prauw en begonnen verwoed te pagaaien. Er klonk een lang dreunend schot uit de voorlader, 'bùk je!' schreeuwde de blanke en toen sloeg er iets met een klap tegen de ijzeren romp en hij sprong recht, stak een vuist op naar de oever en gooide zich neer op de doft. Terwijl hij de boot naar het midden van de stroom stuurde, zat hij roerloos, ineengedoken op de doft en reageerde niet toen Julie zorgvuldig het zweet van zijn gezicht, hals en rug depte. Daarna vlijde ze zich tegen hem aan, hield zijn arm vast met twee handen, traag haartjes vlechtend.

'Een man is als een luipaard,' zei ze opeens voor zich uit, 'hij slaat toe en wint en gaat weg.'

De blanke keek haar stug aan en zweeg. Hij keek naar de zon die nu schuin over de stroom scheen met aan de horizon de wouden, wazig achter de verblindende warreling van het water.

'En ik zal nu voor je koken. Altijd had ik zo graag voor mijn man willen koken. Zul je het niet goed vinden dat ik nu voor je zal koken, Harry?' zei ze nerveus, het laatste hoog alsof ze ging huilen.

De blanke keek haar opnieuw aan. Hij glimlachte even. Hij streelde automatisch over haar kroeshaar. Ze vlijde zich als een kat tegen hem aan.

De ware broederschap der mensen is onmogelijk, dacht de blanke onverschillig nu, en liefde is een spiegelbeeld.

Hij boog zich naar haar toe en kuste haar mond. Ze bood alles aan. De blanke liet het stuur los en nam haar in de armen en kuste haar mond, haar schouders, de harde tepels. Zijn ogen waren wijd open en staarden.

... 18 SEPTEMBER 1960. EN DE MAAN REES langzaam boven de Franse oever in een gele halo, er hingen dichte mistbanken boven de stroom en hij was als van gesmolten lood. Ik zette de motor af en luisterde. Het was vreemd stil. Alleen het klotsen van water tegen de romp. Ik startte en we voeren tot dicht tegen de oever, we voeren voorbij enkele vissersdorpen en omstreeks vier uur waren we zeer dicht de haven genaderd. We zagen duidelijk de natriumbooglampen, de silhouetten van de kranen, ik zette de motor af. Bekeek Julie.

'Goed,' zei ze, 'als het licht wordt, vaar je naar de linkse punt van het eiland Bamoe in het zicht van Brazzaville, je kan je niet vergissen, want het is een beest van een eiland, je steekt je daar weg en vandaag nog kom ik je afhalen. Luister goed naar het geronk van een buitenboordmotor. Tot straks, Mangbodo.'

Ze omhelsde me, fluisterde iets onnoemelijk obsceens in plat Lingala in mijn oor en sprong in de prauw. Ik maakte hem los en ze bracht de steven in de stroming. Ik wuifde. Ze wuifde terug met hetzelfde bevallige gebaartje van de eerste avond in de dancing 'Chez Laurent'. Het was een prachtvrouw.

Ik voer op halve kracht, want de uitlaten van de Perkins waren oorverdovend op full speed en toen de zon boven Leopoldstad geel en wazig opkwam, zag ik het grote eiland Bamoe uit de mist opdoemen en ik voer naar een soort kaap in het zicht van Brazzaville. Dadelijk vond ik een geschikte plek onder een mangrovebosje tussen het hoge oeverriet. Goed verborgen maar met een weids uitzicht op de westelijke Pool. Ik maakte vuur op de voorplecht en warmde een blik varkensvlees met bonen op – het laatste – en dacht, nu lekker vers brood, wit, mals met krakende korstjes en een glas koele Primus.

Ik at en rookte een sigaret en ging wat in de zon liggen. Tegen achten werd het warm en ik begon te zweten. Ik scharrelde wat rond op het dek, tankte op mijn gemak de vergaarbakken bij, keek het oliepeil en de batterijen na, vulde het benzinetankje van de little Joe, waste mijn handen met Vim en ging dan liggen luisteren naar het geluid van een outboard.

Over de watervlakte van de Kongostroom hing alleen warrelend zonlicht en hitte en een onnatuurlijke stilte. Nu en dan een voorbijglijdende prauw in de verte, dicht langs de oever om de tegenstroming te vermijden. Ik rookte aanhoudend, nerveus, de ene sigaret met de andere aanstekend. Omstreeks het middaguur demonteerde ik in een instinctieve opwelling de Bren en gooide de stukken overboord. De drie kisten met ammunitie ook. Daarna mijn persoonlijke wapens. Ik betastte ze eerst, mikte nog een laatste maal, de korrel vast in het vizier, al de spannende buffel- en olifante- en nijlpaarde- en apejachten in een flits door mijn brein. Met een zucht liet ik ze in het water zakken. Het was alsof er een hoofdstuk van mijn leven afgesloten was. De Thompson en mijn Browning 9 mm. behield ik. Daarna zat ik op de voorplecht te roken en te dromen en naar de stilte te luisteren. Om één uur stak er een hete wind op en de hemel ging potdicht. Er hing een lage grijze lucht over de stroom en ik begon te zweten. Het was zwoel en drukkend heet. Het beruchte droogseizoenweer van Leopoldstad, dat de zenuwen van de blanken aan stukken doet gaan.

Ik viste een poos met de hengel van Timotheus maar ving niets en om twee uur kwam er een kleine prauw met een oude vent en zijn vrouw voorbij. Ze wuifden. Ik wuifde terug en ze kwamen naderbij. Ze spraken Kikongo, maar verstonden wat Lingala en ik gaf de vent een pakje Belga en de vrouw begon van blijdschap te mekkeren en toen namen ze afscheid.

Ik ging weer op de voorplecht zitten roken en de zon zakte en scheen vlak in mijn gezicht en hier en daar begonnen de klokjespadden te kwaken. De avond viel. Het was zeer stil. Opeens hoorde ik in de verte gezoem en mijn hart begon in mijn keel te kloppen. Lange tijd stond ik op de voorplecht met een hand boven mijn ogen, maar ik zag niets en het gezoem werd luider en opeens kwam een lange prauw met een boegspriet de hoek van het eiland om en ik zal dat geluid mijn leven lang uit duizend herkennen: het krachtige gieren van een Evinrude-motor.

De prauw zette koers in mijn richting. Ik herkende Julie en er zaten twee negers bij in. Ik begon de mangroveluchtwortels heen en weer te bewegen en toen kregen ze het in de gaten en kwamen recht op me toe. De neger achterin zette de motor af en Julie wuifde en lachte, o die godverdomde vrouw, en ik wuifde maar en had alleen maar oog voor haar slanke lijfje in die strakke paan en de witte tanden in haar donkere gezicht.

De prauw schuurde langs de romp van de boot en ze sprong aan boord en kuste me op mijn mond en beet even in mijn tong en fluisterde: 'Begroet je schoonbroer Edmond...' en ik haalde in een instinctief-gelukkig gebaar een kolanoot te voorschijn en gaf beide handen aan de knappe lange neger in witte pantalon-en-hemd en hij greep ze en zei in vormelijk Lingala: 'Ik groet je en wens je veel kracht, bokilo' en aanvaardde mijn wedergroet met een glimlach en hij brak de noot in twee stukken en gaf me de helft. We pruimden en spuwden zoals de gewoonte het voorschreef.

De andere neger was denkelijk een boy. Hij had een brede gespierde romp, dikke bicepsen en een rond

vriendelijk gezicht. Na wat ritueel over en weer ge-
praat in archaïsch Lingala werd mijn schoonbroer
zakelijk en zei dat hij misschien best een lading ma-
zoutvaten kon meenemen. Hij bond de prauw tegen
de boot aan en de boy kwam aan boord. Hij kieperde
vier lege en twee volle vaten de prauw in. Daarna nog
wat ijzeren koffers en ten slotte gaf Edmond me de
hand en zei: 'Marie-Julienne zal wel met je praten
over wat ik haar gezegd heb. Tot straks,' hij trok de
motor op gang, wuifde nog eens en ging de hoek om.
Julie was uitgelaten en babbelde als een ekster en hing
almaardoor om mijn hals en ze voelde het bij mij en
trok me onder de klamboe en we deden het alsof we
het in drie weken niet meer gedaan hadden en daarna
droogde ze het zweet van mijn rug met haar paan en
ik mocht haar niet meer loslaten. Er kwam een prauw
voorbij, een mannenstem riep iets in het Kikongo en
ze antwoordde er schel en rad op en daarna kreeg ze
een lachstuip. Er kwam geen ernstig woord meer uit,
ze vloog van de hak op de tak, zei dat we nog die
avond op een schuimrubber matras zouden slapen in
een air-conditioned slaapkamer, een heet bad en een
douche zouden nemen om al het vuil en de platluizen
hiehie eraf te spoelen en dat Edmond in een moord-
keet woonde vlakbij het kerkhof húúú en de Golfclub
hááááá en het huis had aan een chirurg toebehoord,
het zat nog vol dure rommel want het was niet ge-
plunderd geweest in de julidagen, door een stom toeval, de dokter had indertijd nogal vaak met een zwart
grietje geslapen dat hij nu nog onderhield zelfs nadat
hij met een blanke getrouwd was, want hij bleef aan
de zwarte plakken en het grietje in kwestie is verre
familie van ons en Edmond had goede relaties met de

Abako-partij en was nu opeens volksvertegenwoordi-
ger en president Kasavubu had op aandringen van het
grietje dat nog altijd gek was op de dokter, het huis
laten bewaken door gewapende knokploegen van de
Abako-jeugd en Edmond had het tenslotte gekregen
nadat de dokter, le pauv' con, le triple con er bien
entendu uitgemieterd was.
Nou, als de helft ervan waar was, dan waren we weer
eens met onze kont in de boter terechtgekomen en ik
begon stilaan schik in de zaak te krijgen. In die dagen
kon niets me eigenlijk nog schelen. Twee dingen hadden nog belang: Julie en het valies, een vrouw en geld.
Ik nam me heilig voor eens te gaan souperen als een
koning in de Memlinc of de Regina.

9

Wanneer Harry de zwarte leren deur van de kapel
openduwt, slaat hem onmiddellijk een kille sterfhuis-
lucht van wierook en kaarsvet in het gezicht. Hij
sluipt naar binnen, laat de deur los en kijkt gespannen
rond. Het is halfduister in de kapel met alleen brandende kaarsen voor onduidelijke beelden. Twee zwarte gestalten, vrouwen, bejaarde vrouwen, zitten voor
een donkere zijnis te bidden. Oude vrouwen biddend
bij het lijk, denkt hij en loert rond als een dief, als een
hond die gevaar voelt, gespannen als een veer, gereed.
Voor het altaar met dikke gedraaide marmeren pila-
ren en ertussen een duister schilderij en hoog erboven
gebeeldhouwde rococo-engelen, blazend op vergulde
bazuinen, het einde van de wereld, de Apocalyps ver-
kondigend, brandt een rood lampje en hij houdt zijn
adem in, hij luistert naar de stilte (de stilte van be-
vroren leven, denkt hij, of van de dood en alleen het
absolute Niets kan de oorzaak zijn van zulke stilte,
angstwekkend zoals ze kan hangen in oude onbe-
woonde huizen die men stiekem betreedt en hier
moet een god wonen, hier woont dus God, Vader,
Schepper, Absolute Liefde, Waarheid, Oorzaak en
Einddoel van Alles). Hij krijgt een schok en voelt
iets opkomen, maar hij verdringt het en kijkt nog
rond in grote verwondering maar opeens wordt hij
woedend (de prang vliegt rond zijn keel van woeade)
als één der oude vrouwen moeizaam opstaat. Ze gaat
traag en schommelend naar een zandstenen pilaar

met een heiligenbeeld en een ijzeren kandelaar vol
brandende kaarsen ervoor en ze duwt een geldstuk in
het offerblok. Het klettert hard in de ijzeren pot en
Harry siddert van afkeer bij het metalen geluid. De
oude vrouw kijkt omhoog naar het beeld en werkt
met haar mond. Ze is klein en dik. Ze heeft dikke
rechte benen. Over haar boodschappentas hangt een
zwarte rozenkrans en Harry kijkt hijgend toe, de nagels in zijn handpalmen (en ik zou nu in het jaar 1566
willen zijn, ik zou 'Leve de Geus!' schreeuwen en hier
met een voorhamer alles in gruis beginnen te slaan en
ik zou niet moe worden in de brokken te trappen en
ze te verpulveren tot er niets meer overbleef dan stof,
het voorgoed vernietigen van de Grote Verdwazing)
en Harry wendt met een rilling van walg de ogen af en
doet een paar stappen in de richting van een kleine
donkere zijkapel waar de andere vrouw zit te bidden
voor een minuscuul Mariabeeldje met een zeer grote
gouden kroon vol edelstenen boven het hoofd. Onder
een bruin wassen poppegezichtje hangt een stijve man-
tel van brokaat, bezet met diamanten en robijnen.
Om het beeldje heen staan grote vazen vol verse bloemen en tientallen brandende kaarsen in zilveren kandelaars. Harry kijkt ineengedoken, met starre ogen
naar de biddende oude vrouw en het roerloze beeldje
met de kroon, de edelstenen, de kaarsen, de bloemen
en ik ruik geen bloemen, schiet het plotseling door
hem heen, het staat hier vol verse bloemen en ik ruik
geen bloemen! en hij kijkt verschrikt, verwilderd om
zich heen naar het marmeren altaar met de zware koperen kandelaars, het Perzische tapijt over de trappen, de massieve bronzen communiebank met de krullen, de druiven, de festoenen en hier huist geen leven,

dringt het dan helder tot hem door, hier kàn geen leven huizen, hier is niets, alleen duizendjarige fictie, massa-hypnose, (maar waar is er dan iets? waar is God? als God bestaat, wáár is hij dan? ik roep op een God, Vader, Schepper, Absolute Liefde, Waarheid, Goedheid, en hij zwijgt en blijft zwijgen) en alles wat ik hier vind is een duister hol met koude beelden, schilderijen, brandende kaarsen, oude vrouwen in het zwart en die lucht van sterfhuizen.

Hij keert zich met een ruk om en vlucht in paniek met drie, vier lange passen, trekt de zwarte leren deur open, rent door een kille vochtige gang en staat opeens buiten in de heldere straat vol zon en ruisend verkeer, mensen, geluiden, leven, verbaasd, een ogenblik overstelpt van geluk omdat de reuk van uitlaatgas léven betekent. Verwonderd als een kind loopt Harry de straat in, blijft staan, ademt diep in en uit en doet een ontstellende ontdekking. Opeens herademt hij, wordt vrij en wijd en verlost zich met één ademstoot van de duizendjarige vloek der Grote Verdwazing. Hij voelt voor het eerst in zijn leven die rukkende stroom dwars door zich heen, het plotse, adembenemende besef dat hij mens is omdat hij (een zekerheid, één van die intuïtieve, allesomvattende, diep aan zijn wezen ontspruitende zekerheden) opeens het absurde, het ledige van dit alles beseft en weet met al de sappen van zijn lijf, hersens, zenuwen, aderen, bloed, dat goden maaksels van mensen zijn, erger uitvindsels, nog erger werktuigen, dat alleen de mens God zou kunnen zijn en dat een god buiten de mens niet kan bestaan en dat buiten de mens het Niets is en dat het niets eeuwig is en niets aboluut en niets universeel en dat alleen vandaag telt en dat mor-

gen misschien het Niets over hem zal komen en dat hij moet leven, alleen maar leven, en dat ten slotte niets enig belang heeft, alleen het overweldigende gevoel dat hij (Harry) mèns is en ademt, ziet, ruikt, tast, hoort en leeft, *lééft*! Morgen ontploft misschien de atoombom en vernietigt deze stad of de wereld en alle leven, denkt hij, maar vandáág leef ik, ja vandáág leef ik en ik voel dat ik leef omdat ik honger heb en bij de Italiaan zal ik nu cannelloni alla Bolognese bestellen met veel gemalen parmezaan en veel tomatensaus, uien en knoflook en een karafje Chianti of twee of vier karafjes Chianti en daarna zullen alle vrouwen me in de armen vallen en kreunen en hijgen van genot onder mijn kussen en gretig strelen en ik zal dan langzaam hun kousen losmaken en daarna het broekje met het kantje afstropen en het zal weer de dood zijn omdat het na vier karafjes Chianti altíjd de dood is (zoals in Kongo na een halve fles whisky en een pijp hennep met Julie, die dan in mijn schouders beet dat ik gilde en ze snikte, jankte, aanriep me als een god), ik ben God, Mens, God, Mens, God!
Met zwaaiende armen, breed lachend, met drieste ogen stapt Harry door de zonovergoten straat en de mensen kijken hem verwonderd na.

Hij strompelt met gebogen hoofd naar de uitgang, duwt tegen de deur en staat buiten en de uitsmijter met de boksersneus tikt even tegen zijn kepie en lacht (hij heeft gouden tanden) en daar is de straat met mensen en geruis van verkeer en een golf kooklucht van mosselen uit het restaurant daar en hij blijft staan en ademt enkele malen diep in en in Kongo had ik iedere vrouw die ik wilde, denkt hij razend, en hier weigert men me zelfs een dans.

139

Langzaam scheurt hij het pakje chewing gum open en steekt automatisch een stukje in zijn mond. Hij slentert met de handen in de zakken, de kraag van zijn leren jasje omhoog, door de drukke straat en kijkt verdwaasd naar de aan-en-uit flitsende lichtreclames boven op het hoge huis aan het stationsplein, het met schijnwerpers hel verlichte gazon, de bloemperkjes, de haagjes.

Hij steekt het plein over en komt in een straat vol cafés met vrouwen achter de ramen. Als hij passeert, lachen en wenken ze maar hij gaat onverschillig voorbij. Hij gaat het smalle straatje in en kijkt op zijn polshorloge. Op de hoek van een dwarsstraat met winkels vol scherp licht is een café met gesloten gordijnen. In een impuls duwt hij de deur open.

Het is halfduister in het kleine café. Op de houten tapkast staat een visserslamp met gedempt rood licht. Aan het raam zit een vrouw patience te spelen. Ze houdt op, staat op en komt hem glimlachend tegemoet. Ze is blond, met brede heupen en zware borsten. Ze houdt een sigaret tussen de vingers. Ze heeft schoenen met hoge hakjes aan.

'Goedenavond,' zegt ze. Haar stem is zeer welluidend. Harry kijkt op, in haar ogen en glimlacht flauw. Ze gaat achter de tapkast. Hij gaat met de ellebogen op het houten blad hangen en zegt: 'Bier asjeblief.'

'Dort of Stella?' zegt de vrouw.

'Dort.'

Ze ontstopt het flesje en schenkt een glas vol.

'Mag ik iets drinken?' zegt de vrouw vriendelijk.

Harry bekijkt haar (ze is ouder dan ik, ze heeft kinderen gehad, de moeder).

'Een flèsje?' zegt de vrouw hoog, met een stralende glimlach.

Harry knikt, neemt het glas en gaat op een leren bank zitten achter een tafeltje met een asbak. De vrouw komt met een klein flesje witte wijn en een roemer, draait een kurketrekker in de stop en trekt hem eruit met een flop.

'De gewoonte is dat men vooraf betaalt,' zegt ze vriendelijk lachend.

'Hoeveel?'

'Een flesje is vijfhonderd.'

Harry haalt zijn portefeuille boven, trekt er een biljet van vijfhonderd uit.

'Dankjewel,' zegt ze en gaat ermee achter de tapkast. Ze komt bij hem op de leren bank zitten, schenkt de roemer vol en heft hem op.

'Gezondheid,' zegt ze en drinkt.

'Cheerio,' zegt Harry en nipt even van zijn glas.

Ze zet de roemer neer en legt een arm op zijn dij. De arm is wit en de huid zacht, een beetje los. Hij streelt achteloos, automatisch, denkt: wak vlees, wit wak vlees en legt de hand op haar knie. Ze heeft nylons aan. Ze beweegt niet.

'Zèg je niets, schat?' zegt de vrouw.

Harry bekijkt haar. Ze heeft grijze of groene ogen met vlekjes in de iris, een kleine neus en haar wenkbrauwen zijn slecht bijgewerkt. Ze lacht. Ze heeft mooie gelijke tanden (Julie, die gouden tand, o, wat houd ik nog van die vrouw).

'Hoe heet je, schat?' zegt de vrouw.

'Harry,' zegt Harry hees.

'Wel Harry, heb je niets te vertellen, ken je geen grap of zo of moet ik er een vertellen?' zegt de vrouw, de roemer leegdrinkend. Ze slobbert.

O, daar begint het, denkt hij, daar begint de ellende,

daar begint de godverdomde ellende. Het is nu zeer stil in het café. Hij kijkt dromend voor zich uit. De vrouw neemt het flesje en schenkt de roemer weer vol en Harry rilt bij het geklater.

'Harry, de dromer,' zegt ze en lacht kirrend, legt een arm rond zijn nek en duwt haar neus in zijn hals, likt. Hij draait zijn hoofd naar haar toe en kust kort haar wang, ruikt het parfum, het flauwe okselzweet, ziet de weke, vlokkige huid tussen de borsten en draait zijn hoofd weer om. De vrouw laat hem los en drinkt van haar wijn.

... DAARNA LAG HIJ HAAR SOMS TE bekijken, op één elleboog steunend, ze sliep dan zacht snurkend, bevredigd wijfje, ze is een menselijk wezen, dat wonder, dacht hij dan altijd, maar iets in haar, het diepste, zal altijd onbereikbaar blijven, wàt ik ook doe, want een mens behoort uiteindelijk aan zichzelf. Hij kon dan haar mooie naakte lichaam afspeuren, mat glanzend in het licht van de colemanlamp, elk plekje ervan betasten, keuren, besnuffelen, zacht kussen, haar hand open- en dichtvouwen, vinger na vinger, haar lippen van de tanden wegtrekken dat ze grijnsde als een doodshoofd. Ze had kleine bruine oren (o, hoe walg ik van grote vlezige roze oren, wit wak vel), harde billen glad als satijn, haar speeksel was koel en smaakte goed en ze deed het zoals die éne vrouw die fataal eens in het leven van een man moet komen, wàt er ook gebeure, die éne waarmee de vonk overspringt...

'Harry, de dromer...'
(Ze heeft plotseling de gemene schorre bierstem van de hoer en nu zou ik ondanks alles 'mama' willen

fluisteren en m'n hoofd in haar schoot leggen, ze is week en warm en wit en een moeder, in die buik heeft een kind bewogen, dat adembenemende wonder, o ik zou een kind willen hebben, een zoon of een dochtertje, om 't even wat bij om 't even welke vrouw, een man die een kind heeft is niet eenzaam, hij is sterk, het weerhoudt hem van veel en ik moet nu weg, ik moet, móet hier nu weg, ik stìk hier en ai...)

'Héla, héla schatje, me schoon kristallen glas kapot, wie zal dàt betalen?'

'Shut up.'

'Duits versta ik niet, hoor schatje.'

(De vloer helt vervaarlijk zoals het schip de laatste reis, niet denken, nietdenkennietdenken en die visserslamp, waar zou die visserslamp vandaan komen en die rustieke houten tapkast, ze heeft smaak, maar ze is bang, bang als een straathond die gezien heeft dat je gaat gooien en ze doet het beste wat ze doen kan: haar wafel houden en de scherven oprapen en haar heupen zijn zwaar, de moeder, en de witte achterkant van haar dijen doet me denken aan dikke vrouwen die kreunend stoepen afschrobben, elke vrijdag schuren duizenden vrouwen met een breed achterwerk in de lucht stoepen af met groene zeep, borstels, Vim, emmers, de levende reclames van de vele zeepmerken, de vlijtige Vlaamse huisvrouwen, de degelijke Vlaamse moeders, rotsen waarop de Natie, de Kerk kan bouwen, met jurken vol pisvlekken, volgekakte luiers wassend, in melk roerend, de-vrouw-aan-de-haard-met-aderspatkousen en nu ga ik gemeen doen, ik ga m'n kauwgom voor haar voeten op de vloer spuwen en iets beestigs zeggen, haar kwetsen in haar vrouwzijn, ik ben een duivel, maar ik wil me nu volledig

143

overleveren, het Kwade is geen fictie, het is een verschrikkelijke realiteit, dàt moet de hel zijn, de hel be-
stáát, ze is in òns!...)
'*Kattenmoer!*'
Hij trekt de deur met een rammelende slag dicht en
leunt even tegen de gevel, hoestend van het lachen.
Hij struikelt door het straatje, kijkt op zijn polshorloge, dan naar de lucht, werkt met zijn schouders tot
het jasje goed zit, steekt de handen in de zakken en
komt opnieuw bij de cafeetjes met de vrouwen. (Lopen, rennen, voor me uit kijken en niet denken, niet
denken.)
Hij loopt nu hoestend door de straat-met-de-vrou-
wen. Hij bespiedt hen en voorbij de cafeetjes gaand
waar de vuilnisbakken reeds buiten staan, wordt alles
hem duidelijk, hij krijgt inzicht in werelden. De mollige blonde van daarstraks met de slecht bijgewerkte
ogen, haar huid is veel te wit, lacht hem stralend toe,
haar gezicht drukt vreugde, oprecht verlangen uit, ze
zal zuchten, kreunen van extase onder zijn hijgend
gekus, geknor, hem daarna zogenaamd vernielen, maar
een seconde later (als de magere zwarte naast het lam-
pekapje en de strikken, met haar bijna blote borsten
en het schelgroene taffetas kleed, het zwarte bandje
afgezakt, met schuine spleetogen, hard, moe, met niet-
tegenstaande alles de Mona Lisa-glimlach, nu enigma-
tisch voor zich uit staart), komen er twee oudachtige
plooien naast de mond van de mollige blonde die als
altijd aan haar zoontje zit te denken verweg in het
pensionaat bij de dure paters en als ik afgetakeld zal
zijn – de aftakeling is reeds begonnen, ik word dik
van een glas water, ik eet niet meer, ik ben anemiek
en word vierendertig jaar, o de zwijnen, de honden

die mijn eens zo zuiver lichaam nu bepotelen dat toen
nog iedere week haast zielsgelukkig de Heer ontving
– en op het stationsplein met de enorme lichtreclames
die aan- en uitflitsen, met nog altijd de helverlichte
gazons, haagjes, bloemperkjes van geraniums en eeuwig groen, en de voorbijgangers die (fragmenten van
de oerbestemming der dingen dringen door) nu, de
vrouwen bijna allen geurig, met glanzende bontjassen,
gladde benen, wellicht geparfumeerde jupons, op hoge
hakjes over de plaveien tiktakken en zich morgenvroeg zoals altijd verlept, dof, met een vuile adem,
daar riekend naar muskus, zweet, garnaal, geeuwend
uit hun bed zullen rekken, en aan hun arm mannen,
anonieme, glimlachende mannen, goedgekleed, glad-
geschoren en after shavelucht afgevend, en boven het
logge stationsgebouw de oranje gloed van de stad, een
grommende hoogoven en de wind is (zoals altijd in
deze landen) met een ruk opgestoken en het zal regenen, vandaag 4 oktober 1961 zal het omstreeks elf uur
wellicht beginnen te regenen, althans zeker waaien en
ik leef door een zuiver toeval (een man die eens hijgend een vrouw bevruchtte plus daarna de mengel-
moes van x- en y-chromosomen met als resultaat
lichaam en geest, léven!, dat adembenemende, maar
leven dat koortsachtig zoekt naar zijn oorsprong, betekenis, God? en ten einde raad zocht ik God en in
die kapel daarstraks vond ik alleen het Niets, het
Niets sloeg me als ijskoude wind in het gezicht), op 4
oktober 1961, een zoals altijd hier kille mistige dag, in
deze enorme, ongelooflijke stad met onbekende mensen in een totale vervreemding, want als ik hen aan-
spreek en mijnheer of broeder of mevrouw zeg en
glimlach zoals die Engelsman die 's morgens tegen één

mens glimlachte en na twee uur glimlachten er duizenden mensen, zullen ze denken dat ik gek of dronken ben of één van die idealisten en de vrouwen zouden misschien met politie dreigen wegens de druk
zwervende geilaards en vandaag, 4 oktober 1961 is er
echter iets dat al het overige in de schaduw stelt, zelfs
de levensvragen verbleken erbij, ik zal straks uit de
trein stappen, thuis aankomen en er zal geen druppel
whisky meer voorhanden zijn, wat zou ik moeten aan-
vangen als bij voorbeeld vannacht de atoombom zou
ontploffen en ik geen whisky meer in huis had, zoiets
is gewoon ondenkbaar en hij springt roekeloos tussen
twee heftig remmende auto's door in de richting van
de likeurwinkel aan de overkant, maar ernaast is een
wapenhandel en hij staat minutenlang gefascineerd te
kijken naar de Colt .45 van bijna vijfduizend frank, de
andere pistolen, de doosjes patronen, de patroongor-
dels, de glanzende tweelopen in rekken, de karabij-
nen, de telescopen, rubberlaarzen, de groene loden op
een kapstok met het bengelende etiket, de mottige
snip die te veel door de poten buigt en dus slechts
opgezet is, Walther 9 mm, leest hij, Browning, Rem-
mington super speed, Kynoch, kal. 12, kal. 16, .22
(Johnnie Walker, denkt hij afwezig, Black & White,
White Horse, het zal masturberen worden, dialoog is
voortaan onmogelijk).
Hoestend struikelt hij de likeurwinkel binnen.

'Ik weet het niet, Bob,' zegt Harry met een zucht, 'en tenslotte, wat helpt het?'

Hij drinkt van zijn bier en kijkt door het raam. Het regent hevig. Er rollen druppels van de ruit. De donkere straat ligt vol plassen, rimpelend in de wind, met het dode blauwe licht van de fluorlampen erin weerkaatst. Het is stil in het kleine café. Achter de tapkast leest de kelner zijn krant. Telkens wanneer hij beweegt, kraakt het papier.

Ze zitten tegenover elkaar aan het tafeltje, Harry ineengedoken in zijn leren jasje, de ander rechtop, nerveus met een bierviltje spelend. Hij heeft een natte trench-coat aan. Hij heeft een rood, mager vossegezicht en scherpe, doordringende ogen. Een klis ros haar ligt over zijn kale schedel.

'En daarna?' zegt Harry, hem bekijkend.

'Bah, de gal schoot in mijn bloed. Je kent dat. Dan doe je stommiteiten. In plaats van met mijn staart tussen de benen weg te sluipen en beleefd "dankje" te zeggen als een slaaf, als àlle slaven hier, liet ik me gaan. "Jij ellendige parasiet," riep ik, "je betaalt me hier nom de dieu zesduizend ballen per maand, dat verdiende ik nota bene in Kongo in minder dan zes dagen en je hebt de godverdomde lef me nog voor onbekwaam en luilak uit te schelden. Weet je wel tegen wie je spreekt, rotzak? Elementen als jij waren niet eens goed genoeg om politieagent in mijn korps te spelen. Je beweert alleen-importeur voor België van

147

Zweedse meubels te zijn en hoofd van een belangrijke firma? Nou, weet je wat je bent in mijn ogen? In mijn ogen ben je een kruidenier met kruideniershersenen in je pretentieuze dikke kop. Je werkt, haha wèrkt hoop en al twee uren per dag en dan doe je niets anders dan telefóóngesprekken van je bedienden afluisteren en rondsluipen als een dief om onverwacht in de nek van je werklieden te springen als ze stiekem op het toilet een sigaret gaan roken. Als je iemand nodig hebt, fluit je als een meester op zijn hond, maar een hond wordt tenminste menselijk behandeld. Vergeet je soms dat je stinkt van het geld dank zij je vader die het met zijn twee poten bijeenschraapte en dank zij de mensen die negen uur per dag voor je werken, tegen hun zin omdat ze je haten als de schurft? En buiten je werk ben je ook al een misselijk individu, want je gezin laat je in de steek om doorlopend achter de vrouwen aan te zitten. Iéts zou je geweldig goed doen, smeerlap die je bent: communisme, want je hebt nog nooit eens een les gehad in je leven, ellendige schoft, hyena, tufi na mama na yo!"*'

Hij drinkt met één slok zijn glas leeg. Hij hijgt.

'Dat laatste verstònd hij natuurlijk,' zegt Harry grinnikend.

'Bah...'

'En toen lag je eruit?'

'Dat moet je niet vragen.'

'Nou, erg diplomatiek heb je het niet aan boord gelegd. Waar is de reputatie van politiecommisaris Ndekemopele, de vriend en beschermer van de goede negers, echter de schrik van moordenaars, dieven, op-

* uitwerpsel van je moer

lichters en maagdenverkrachters met zijn beruchte honigzoete manier van ondervragen?' zegt Harry afgemeten in zeer beschaafd Nederlands.

'Zwijg daarover, Harry. Die tijd komt nooit meer terug.'

'Vertel me eens wat meer over dat smeerlapje, dat rotzakje,' zegt Harry en drinkt zijn glas leeg, maakt een teken naar de kelner die zijn krant neerlegt. Bob kijkt naar de spiegel boven het hoofd van Harry. Als de kelner de volle glazen op de tafel neerzet, nemen ze een lange teug.

Harry bekijkt hem. Bob zwijgt, kijkt dromend door het raam naar de donkere straat onder de regen.

'Was die job even interessant als je lekkere baas?' zegt Harry.

Bob blaast door zijn neus.

'Hoelang heb je het daar uitgehouden?'

'Vier maanden.'

'Niet slecht. Helemaal niet slecht. Wat je noemt een prestatie.'

Bob grinnikt en snuift door zijn neus met schokjes.

'En wat was dat voor een job?' zegt Harry.

'Ruwe Zweedse meubels uit de fabriek halen, ze laten polijsten en er allerlei spullen op laten monteren als sloten, scharnieren, poten, krukken en zo...'

'Godverdomme...' zegt Harry traag en schiet opeens in de lach.

'Is dat om te lachen?'

'Commissaris - Ndekemopele - die -oren -en -poten - op - Zweedse -meubelen -laat -plakken. Om je een breuk te lachen. En daarvoor kreeg je zèsduizend ballen per maand, zeg je?'

Bob grinnikt.

'Een móórdjob,' zegt Harry, 'voor zesduizend per maand wil ik heel mijn leven rommel op Zweedse of Spaanse of Oostindische meubels laten monteren. Dat is iets zoals één van mijn vroegere bazen zei: 'Werkelijk, je kunt het op één been af.'
'Val dood.'
'Zèsduizend ballen per maand,' herhaalt Harry en fluit bewonderend, 'je voelde jezelf wel een hele piet met zo'n, hoe zal ik 't zeggen, directéurssalaris, hie-hiehie?'
'Verrek.'
Ze kijken een poos dromend langs elkaar heen. Het keteltje op de kachel begint zacht te suizen.
'Hoe gaat het met Zizi?' zegt Harry.
'Niet slecht.'
'En met Eric en Elsie?'
'Alles okee.'
'Je moet eens komen.'
'Mm.'
Ze drinken. Harry kijkt naar buiten. Een auto rijdt langzaam door de natte straat. Voor de koplampen hangt een regengordijn.
'En wat voer jíj uit?' zegt Bob.
'Niks.'
'Zoek je?'
'Nee.'
'Zo...'
'Ik heb gezocht. Maar ik heb er genoeg van. Tot hier.'
Hij brengt zijn hand boven het hoofd.
Bob knikt langzaam.
'En Kongo?' zegt hij.
'Nee.'
'Wat dan?'

Harry haalt zijn schouders op, kijkt afwezig naar buiten. Het regent nu hevig. De regen striemt tegen de ruit. Zijn gedachten dwalen langzaam af.

... 1 NOVEMBER 1960. TOEN HIJ HAAR GEZICHT zag, nat van de tranen, greep hij het Sabena-valiesje en vluchtte. Het was nacht. Een van die warme windstille nachten met veel sterren in een ijle hemel. Hij keerde zich nog eenmaal om. Ze wuifde vanop de tarmac. Ze had dat roomkleurig tussor mantelpakje aan.
In het vliegtuig, toen hij de safety-belt vastklikte en daarna door het raampje de gele landingslichten onder zich zag voortjagen, kwam er een grote rust over hem. Hij was moe, leeg, op. Geestelijk en fysiek. Hij snakte naar Europa. Alleen zijn. Weer maatstaven krijgen. Desnoods een braaf meisje zoeken en ermee trouwen en alles vergeten, opnieuw beginnen.
Toen hij in Europa was, alleen, hunkerde elke vezel van zijn wezen naar haar. Het was als een besmetting. Nergens meer gelukkig zijn.
Hij vluchtte uit België en doolde door Zuid-Europa als een opgejaagde moordenaar. De beelden vervolgden hem. Het beeld van de raceboot, full speed vluchtend, de rode banen van de tracers, de soldaat die met open armen overboord sloeg, Timotheus gorgelend, klauwend, om hulp roepend, zijn voet die hard terechtkwam in de onderbuik van die jonge neger in de bar 'Chez Laurent', maar in de nachtmerrie vluchtte hij voor razende negers met speren en machetes, hij kon niet vooruit en ze grepen hem vast en begonnen te hakken en te steken en hij kon zich niet verdedigen en Julie met de mulat stonden lachend toe te kijken en reden daarna weg in de beige stationcar en het was

vreselijk. Hij had geld, maar geld verdrijft de onrust niet. Het is alsof geld ze nog aanwakkert. Hij bleef nergens langer dan een dag en een nacht. Hij hokte in vuile Spaanse hotelletjes met bedden vol luizen. Hij logeerde in Portugese vissersdorpen waar een maaltijd in een stinkende kroeg tien escudos kost plus een karaf landwijn gratis erbij. Hij bedronk zich vaak met aguardiente.

Hij bracht de winter op Sicilië door, maar er is niets zo deprimerend en cafardeus als Sicilië met al die armoede onder een bleke winterzon.

Julie schreef tweemaal per maand naar een postbus in Brussel, die doorstuurde naar Catania. Met zijn Lambretta doolde hij eenzaam langs de wegen. Catania is de beroerdste stad die men zich kan indenken. De ellendige Via Etnea, nat van de regen, met in de verte de Etna, de top verborgen in de wolken, de vuile groene autobussen, de stinkende winkeltjes, overal dat ratelende Italiaans, smerige bedelaars, smerige huizen, eten waarvan hij op het laatst kotste. Hij doolde rond. Had een paar vrouwen. Hoeren. Maar meestal was het masturberen of zich eenzaam bezuipen met goedkope grappa in kille hotelkamers. Het was als de dood. 's Winters is Europa als de dood. Europa is een oud afgeleefd land, aan het eind van zijn krachten. Hij had een knagend heimwee naar Kongo, de zon, de frisse ochtenden met nevel en dauw op het gras, de lauwe bries, de goede geuren van houtvuur en verbrand gras en vochtige humus en wilde kamperfoelie. Kongo was geen goed land meer, en toch was hij soms ziek van heimwee. En Julie... ja, Julie.

Ze was haast geen ogenblik uit zijn gedachten, maar

het was alsof hij aan een dode dacht. Een vreemde gewaarwording. Bij iedere brief dacht hij, ze is niet dood, ze leeft, ze ademt, nu, op dit uur, deze seconde, haar hart klopt en ik zie haar niet en dat is onvoorstelbaar.

In haar laatste brief was dat officiële stuk van het Kongolese ministerie om dienst te hernemen als raadgever met de graad van bureelhoofd. Die brief met alleen het woord YAKA erop en de afdruk van haar mond in lippenrood. Hij had de brief gekust, hem besnuffeld als een hond.

In België had hij honderdduizend frank op een spaarbank gezet. De rest nam hij mee terug. Een dik half miljoen. In die dagen was de Kongolese frank tweeëndertig centiem waard. In Tripolis had hij verbaasd, blij, ongelovig weer voet gezet op Afrika, die andere wereld. De Boeing schudde onder de vlagen van een hete zandstorm. De hangars van het vliegveld, nog vol gaten van de veldtocht van Rommel en Montgomery, werden net als zes maanden of zes jaar tevoren bewaakt door slonzige Libiërs in olijfkleurige uniformen, een karabijn over de schouder, half slapend, traag kauwend op iets.

In de bar van het vliegveld kreeg je nog altijd dezelfde slechte koffie en lauwe limonade. En dan ging hij terug door de hete zon en zijn kleren flapperden in de wind en hij was gelukkig en toen hij de safety-belt op zijn dijen voelde spannen, had hij hetzelfde gevoel als de vorige keer bij het opstijgen in Leopoldstad: die rust en tegelijk een vreemd ongeloof dat hij haar binnen enkele uren zou weerzien. En hij bestelde een high-ball met veel ijs en de air-hostess was heel knap en vriendelijk en hij kocht een paar flessen taxfree whisky, drie sloffen Chesterfield en wat parfum voor haar en hij deed een tukje met de zetel achterover. Hij werd gewekt voor de lunch en hij had lang en smakelijk gegeten met champagne en nadien uitstekende koffie en cognac. Daarna dronk hij nog een dubbele high-ball en nog een en vroeg een krant, maar viel in slaap door het gezoem van de straalmotoren en hij werd plotseling wakker van de pijn in zijn oren. Hij had een kleffe smaak in zijn mond. Het vliegtuig daalde en hij keek door het raampje en toen zag hij de Kongostroom, grauw met groene eilanden en donkere beboste oevers en het verschroeide gras van het vliegveld Ndjili met de lange betonnen landingsbaan, blakend in de zon en zijn hart begon hevig te kloppen en in plaats van vreugde voelde hij al het sinds lang opgekropte heimwee in zich loskomen en hij moest enkele malen diep ademen en slikken om die prang rond zijn keel weg te krijgen en alles in hem deed pijn.

Het vliegtuig landde met een bons, remde bruusk af met de flaps recht naar beneden en de straalmotoren loeiden en zogen. En de krakende stem in de luidspreker zei iets van 'Léopoldville-Ndjili' en 'la Sabena... haite... bon séjour... blique du Congo,' en toen het vliegtuig stilstond en de motoren afgezet waren en opeens een vreemde suizende stilte inviel en de stemmen van de passagiers als kwakende eenden in zijn oren klonken, dacht hij (het was een zinloze, ellendige gedachte) hoe komt het dat ik zes maanden kapot was van heimwee naar dit land, die vrouw, en dat ik nu zou willen vluchten? Maar waarheen? Zal ik dan nergens meer rust kennen? Op het laatst zal zelfmoord de enige uitweg zijn.

Wat er daarna gebeurde was als een droom. Eén van die dromen die onverklaarbaar uit je onderbewustzijn opkomen, alsof je wezen het beeld reeds duizenden of miljarden jaren tevoren in zich had opgenomen toen je leefde onder een andere gedaante in een andere wereld.

Er was de weerkaatste hitte van het beton die hem in het gezicht sloeg als een oven die opengaat, het scherpe zonlicht en de vochtige hitte met de lauwe bries en de geur van de tropen (de geur van Afrika, ik ben bezeten door dit land) en een lange rosse UNO-soldaat met een gebroken neus, lichtblauwe alpenmuts, in keurig kaki-uniform en glanzende combat boots, kwam grijnzend op hem toe, salueerde correct en liet een foto zien.

'I suppose it's you, sir?' zei hij in moeilijk, slepend Engels. Hij had lichte ogen en blonde wenkbrauwen. Hij bekeek de foto en zei: 'Yes... Indeed. That's me...'

'Will you please 'ah follow mey, sir,' zei de UNO-soldaat.

'What about this picture?' zei hij brutaal. Hij was nu zeker dat het op een arrestatie ging uitdraaien.

'Nothing at all, sir,' zei de UNO-soldaat vriendelijk, 'a lady is waitin' fo' yah outside in the car andah this is ah the raison why ah... and ah...'

'A lady?'

'Yessir, a black lady, sir...'

'Nog een pint?'

Harry schrikt op. 'Ja,' zegt hij verwilderd, 'ja...'

Bob maakt een teken en de kelner komt.

Harry kijkt op zijn polshorloge. Het is elf uur.

'Ik heb tijd genoeg,' zegt Bob opeens zonder reden.
Harry bekijkt hem.

'Ze verwijt me dat ik een leegloper ben, dat ik niets waard ben, ik die in Kongo als een elite-element bekend stond. Het is stom dat van jezelf te zeggen. Maar jij kent me. Tegen jou zeg ik het. Gisteren zei ze letterlijk: "Je bent het zout in je patatten niet waard."'

Harry bekijkt hem zonder iets te zeggen.

'Dat maakt me kapot,' zegt Bob met een verwrongen gezicht, 'er is niets dat je zo kapotmaakt als capaciteiten die je hebt, niet te kunnen gebruiken. Niet kunnen bewijzen dat je iets waard bent. En dan die verwijten. Alle dagen *wordt mij iets verweten*. Nu vooral, na dat geval met mijn baas. Het wordt onhoudbaar. En dat van je eigen vrouw...'

'Ga terug. Ze smeken om technici.'

'Kongo is geen land meer voor blanken. En Elsie en Eric laat ik niet achter. Je vindt het stom of sentimenteel dat ik dat allemaal zeg. Ik wéét dat je het stom vindt. Maar ik móest het eens tegen iemand kunnen zeggen. Als gedachten onuitgesproken blijven, worden het op het laatst kleine spoken.'

'Je hebt gelijk.'

'Ben jij niet terug geweest? Ik heb zoiets vaags gehoord van... van wie heb ik het gehoord?'

'Laat vallen.'

'Hoe was het er?'

'Laat vallen.'

De kelner zet de volle glazen op het tafeltje.

'Cheerio,' zegt Harry. Ze drinken.

'Was je in Léo?' vraagt Bob.

'Mm.'

'Hoe was het er?'
'Rot.'
'In welk opzicht?'
'In alle opzichten.'
'De negers?'
'Nee, ditmaal niet. Ze zijn fel afgekoeld.'
Bob grinnikt.
'Wat was het dan wèl?'
'De Zweden.'
'De Zwéden?'
'Ja,' zegt Harry hees, 'de Zweden.'

... 14 MEI 1961. DE SQUARE LAG VERLATEN in de hete zon. De palmen, grijs van het stof, stonden roerloos, hun stijve bladeren omlaag. Eén kant van de square was een witte afgebladderde muur met glasscherven erop. Tegen de muur lagen twee uitgebrande verroeste autowrakken. Voor het hotel, wit in de zon, stond een zwarte Buick met een blauwe UNO-wimpel op het spatbord. Een UNO-soldaat sloeg de bagagekoffer dicht. Twee mensen gingen de trappen van het hotel op. Een blanke en een negerin. De blanke droeg een havanakleurig zijden pak en een zonnebril en de negerin een lichtblauw jurkje en lange witte handschoenen. Ze was slank en had zeer mooie bruine benen. De UNO-soldaat, blootshoofds, ros, met een gebroken neus, in kaki-uniform en glanzende combat boots, kwam achter hen met een nylon reiszak in elke hand. Hij knipoogde naar de lichtbruine UNO-schildwacht, een tommygun schuin voor de borst met een canvas riem. Hij stond in de schaduw van een pilaar. De schildwacht zei iets en lachte. Hij had een sympathiek gezicht en witte tanden. Wat verder, tegen een pilaar geleund, stond een Kongolese soldaat in verkreukte linnen gevechtskledij, een rode band rond zijn helm, een automatisch geweer met de riem over de schouder. Hij bekeek de twee blanken en de negerin met lege ogen. Zijn breed zwart gezicht glom van het zweet en zijn kaki battle-jacket had vochtige plekken op de schouders.

De UNO-soldaat duwde met zijn voet tegen de glazen deur en liet de blanke en de negerin in de lobby. De airconditioning blies krachtig en het was er zeer koel. Midden in de marmeren voorhal stond een breedvertakte sierboom met grote handvormige bladeren in een bronzen kuip met leeuwekoppen erop. In het receptiebureau zat een neger in wit overhemd met zijn hoofd op de tafel te slapen. Ze gingen erlangs en bij de lift duwde de negerin op een knop en er ging een rood lampje aan. Er zoemde iets.

'Wel, daar zijn we dan,' zei de negerin tegen de blanke. Ze lachte hem toe. Ze was zeer mooi. De blanke bekeek haar even en glimlachte.

Er klikte iets en het rode lampje ging uit. De UNO-soldaat trok de deur open, nam de reiszakken op en ze gingen in de lift. Hij duwde op een knop en de lift ging zeer langzaam omhoog. De negerin bekeek de blanke met haar grote zwarte ogen en lachte hem toe. Ze had prachtige gelijke tanden. Ze hield zijn pols vast en streelde hem. De blanke strengelde zijn vingers door de hare en kneep en bracht haar hand naar zijn mond en kuste ze. De negerin sloot even haar ogen en ademde diep in.

De lift stopte, de UNO-soldaat duwde de deur open met zijn voet en in de gang lag een dikke donkergroene loper, hun voetstappen klonken zacht soppend.

Het was er koel. Ze bleven staan voor een deur van gevlamde donkerbruine limba met een bronzen 6 erop. De negerin haalde een sleutel uit haar handtas van crocoleer en stak hem in het slot. Ze wachtte.

'Thanka you, Per,' zei ze tegen de UNO-soldaat.

Hij zette de reiszakken neer en bekeek de negerin.

'Thanka you,' zei ze nog eens en lachte vriendelijk.

'There I go,' zei hij, 'want the car for this evening, ma'am?'

'No, thanka you,' zei de negerin, 'thanka you, Per.'

'Well'ah,' zei de UNO-soldaat aarzelend.

De negerin wierp een vlugge zijdelingse blik op hem en opende opnieuw haar handtas, haalde er een portefeuille uit en gaf hem een vijfdollarbiljet.

De UNO-soldaat boog.

'Is 'ah anythin' else I can do fo'yah, ma'am?'

'No thanka you, Per, thanka you,' zei de negerin.

Ze opende de deur van de kamer.

'Kom,' zei ze tegen de blanke, legde haar hand op zijn arm. Hij nam de reiszakken op. Ze gingen naar binnen...

'Hij stòtterde, nom de Dieu.'

'Hééé?' zegt Harry, uit zijn gedachten opschrikkend.

'Wel, die lekkere baas van me.'

Harry drinkt uit zijn glas.

'Ik heb eens horen beweren dat stotteraars altijd gevaarlijke smeerlappen zijn, vooral als ze te veel geld hebben. George de Zesde van Engeland stotterde ook een beetje schijnt het, maar hij was een uitzondering. Hij lag onder de pantoffel van zijn vrouw en... och...'

Harry haalt de schouders op, grijnst, 'het heeft allemaal geen belang, de wereld is één groot gekkenhuis.

Hoe meer je over alles nadenkt, hoe meer je ervan overtuigd raakt.'

'Ik ben overtuigd dat hij er een minderwaardigheids-complex door had,' herneemt Bob, 'hij dacht dat hij doorlopend belazerd werd en beschouwde alles als een afbreuk aan zijn prestige.'

'Prestige... weer één van die woorden van honderd frank per stuk waar ik van kots als ik ze hoor uitspre-ken. Iemand die werkelijk prestige heeft, zwijgt er-over.' Harry kijkt door het raam. Het regent niet meer.

'Hij was een ròtzak,' zegt Bob langzaam, 'een gore ròthond.'

'Rijkaards zijn allemaal rotzakken,' zegt Harry, 'als de Russen binnenkort komen, help ik mee om ze te ruïneren. Eén voor één. Geen enkele rijkaard deugt. Geen enkele rijkaard heeft ooit gedeugd.'

'Telefoongesprekken afluisteren,' zegt Bob, met zijn glas draaiend.

'Gestapo.'

'Je hèbt het. In het naziregime zou hij zeker Gestapo-beul geweest zijn. En stòm! Je kunt niet geloven hoe stòm hij was. Al het werk liet hij door zijn handelsdi-recteur doen, een soort levend lijk, een telmachine, altijd op de loer als een ratelslang naar geld, geld, geld. Dag en nacht achter zijn bureau als een uil op zijn stok, pluizen, kleine papiertjes volkribbelen met een houterig kinderschrift, geld tellen, rondloeren, geheimzinnig doen, pluizen, kribbelen, telefoonge-sprekken afluisteren terwijl de baas bij de hoeren zat. Weet je wat hij 's zondags deed als tijdverdrijf? Je raadt het nooit.'

'Nee,' zegt Harry afwezig.

'Met de schaal rondgaan in de kerk, gekleed in zo'n zwarte kaftan met geborduurde panden. Hij wist dan altijd precies hoeveel er in de schaal lag, zonder te moeten tellen.'

'Van kerkmeesters moet je het hebben,' zegt Harry met een verachtelijk gezicht, 'kerels die zich in het zwart verkleden moet je nooit verder betrouwen dan je ze ziet en dan nog. Advocaten, pastoors, lijkbidders, het zijn stuk voor stuk ongeluksprodukten.'

'Het ergste is dat je helemaal niet verstandig moet zijn om geld te hebben,' zegt Bob dromerig. 'De meeste rijkaards zijn hopeloos stom. Ze kennen alleen prijzen van grond, huizen, auto's, effecten. Het is alsof geld alles verstikt, ook hersens. De grootste genieën waren straatarm, dat is algemeen bekend. Waar of niet?'

'Ja,' zegt Harry afwezig.

... 14 MEI 1961. DE GORDIJNEN WAREN dichtgeschoven en het was halfdonker in de kamer. Tussen de latten van de scandiaflex kwam gefiltreerd licht. De airconditioning zoefde.

Ze lagen naakt op het bed. Haar rechterbeen lag boven op het zijne en zijn linkerhand op haar dij. Ze rookten zwijgend. Aan zijn kant stond naast het bed een glas halfvol whisky en een fles.

Hij kwam half rechtop, leunde op een elleboog, nam het glas en dronk. Ze lag hem te bekijken met schuine gezwollen ogen. Hij keerde zich naar haar toe, stak het glas even omhoog en zei: 'Ook?'

'Uh uh,' zei ze, schudde met het hoofd, doofde de sigaret uit op de rand van het bed en stak haar lippen in een tootje vooruit.

Hij lachte, nam een teug en boog zich over haar heen. Ze opende haar mond en kuste hem en kreunde en dronk en zei laag, week: 'Nog.'

Hij nam weer een teug en ze dronk, sloot haar ogen en greep zijn hand, legde ze op haar pubis.

'Kom,' zei ze diep in haar keel.

'Nee,' zei hij.

Er kwam een flauwe lach over haar gezicht. 'Was het niet goed?'

'Het was goed, o het was goed. Waarom vraag je dat?' zei hij. 'Bij jou is het altijd goed. Ons bloed is hetzelfde.'

Hij dronk het glas leeg, schonk het opnieuw vol, hield het in de hand.

'Kom,' zei ze, 'kom dan...'

'Nee,' zei hij, 'eerst moet ik je bekijken. Ik moet zien of je wel Julie bent, de echte Julie die ik indertijd gekend heb. Zes maanden is een lange tijd en ik ben helemaal niet zeker meer of zij het wel is. Daarom moet ik je eerst aankijken. Laat me je aankijken.'

'Kijk,' zei ze, 'kijk maar. Hier is Julie, de dochter van Bonzale. Ze is nu al zes maanden zonder man en ze heeft zes maanden lang gewacht en zes maanden is een lange tijd, en nu moet je haar aankijken, alles bekijken en geen plekje overslaan en daarna moet je zeggen of het wel de Julie is die je inderdaad gekend hebt.'

'Waar moet ik beginnen?'

'Om 't even waar. Het is van jou. Alles is van jou.'

Hij lachte, dronk een paar teugen van de whisky, gaf haar het glas. Ze dronk.

'Hoe kan ik weten of dat allemaal van mij is?' zei hij – zijn stem had een vreemde hese klank – 'iedere jonge

vrouw heeft immers een gladde huid. Ik mag ze met open of gesloten ogen kussen, besnuffelen, strelen, er kleine beetjes in geven, welk verschil maakt het? Kan ik weten of het de huid is van de dochter van Bonzale of de huid van duizenden of miljoenen andere vrouwen? De goede geur van je oksels zou ik vroeger uit alle andere geuren herkend hebben. Nu ben ik hem vergeten. Dáár huist de echte geur van de vrouw, onder haar oksels, maar ik ben hem vergeten. Misschien zal morgen mijn lid weer zwellen als je me omhelst en ik daarna met mijn neus in je okselharen woel, maar nu heb ik die geur van wilde kamperfoelie-en-muskus-en-de-vrouw nog niet gevonden bij je. Dan moet ik verder op zoek gaan. Je tepels worden hard en komen rechtopstaan als ik je kus... Dat bewijst niets. Bijna iedere vrouw heeft dat en ik durf nog niet zeggen: "M'n kleine maïskorreltje" en nog veel meer. Mijn hand mag zeer zacht over de fijne huid aan de binnenkant van je dijen strelen... Dan kan ik nog de ogen sluiten en denken: "Julie, waar ben je? Julie, ik mis je zo, Julie, ik kan niet leven zonder jou," zoals de man die een vrouw streelt en denkt aan de éne waar hij werkelijk van houdt. De mond van de Julie die ik indertijd kende, smaakte altijd goed en ik dronk haar speeksel en het smaakte als bronwater, dat kleine oortje van haar proefde altijd wat bitter op de tong en haar tranen, die eeuwige tranen nadien, als ik haar ogen drooglikte... Van de mond van een andere vrouw walg ik en dat oortje, die ogen... o, het moest eens niet de Julie zijn die ik indertijd gekend heb...'
Hij zweeg, nam een slok whisky, staarde voor zich uit.
'Spreek,' zei ze nerveus, 'o Harry, spreek. Het doet

me denken aan vroeger, toen je Baudelaire voorlas en de Boléro speelde, toen we dronken en hasjisj rookten. O, het zal weer worden zoals vroeger. Ik wéét dat het weer zal worden zoals vroeger. Harry, spreek, je weet wat het me doet als je zo spreekt. Ben je vergeten dat ik kan klaarkomen als je zo spreekt en me kust en streelt. O, mijn man, wat heb ik je gemist, wat heb ik je gemist, ik was als dood van binnen.' Ze zei het pathetisch, maar in het Lingala klonk het goed.

Hij bleef voor zich uit staren. Opeens dronk hij het glas in twee slokken leeg, kletste met een zwaai een paar druppels op de vloer en goot er een gulp in uit de fles, morste.

'You wanna drink?' zei hij. Zijn stem had weer die vreemde hese klank.

'Uh uh.'

Hij kneep zijn ogen tot spleten. Er kwam een eigenaardige glimlach om zijn mond. Zijn kaakspieren bewogen ritmisch.

'En verder?' zei ze, het glas teruggevend, 'dat oortje, die ogen...'

Hij ademde diep, slikte, draaide het restje whisky in het glas rond, staarde ernaar.

'Verder?' fluisterde ze.

Hij ging op zijn rug liggen, keek naar het plafond. Een hele tijd lag hij naar het plafond te kijken.

'Waaraan denk je, Harry?' zei ze, achteloos haartjes van zijn buik vlechtend.

'Aan niets...'

'Vroeger zei je altijd dat het onmogelijk was...'

'Wat was onmogelijk?'

'Aan niets denken.'

'Och...'

Hij maakte een lusteloos gebaar met zijn hand. Hij staarde naar het plafond.

'Harry...'

'Mmm.'

'Denk je aan dat liefje van je in Europa?'

Hij lachte even, zweeg een poos.

'Nee,' zei hij dan, 'nee. Als je wist hoe alles daar geweest is... Ik heb daar geen prettige tijd gehad, geloof me. Een liefje... nee, geen liefjes. Het best is er niet meer aan te denken. Laten we over iets anders praten. We hebben elkaar zoveel te zeggen. Zes maanden is een lange tijd, Julie. In Europa dacht ik soms, dàt moet ik haar zeker zeggen. Maar zes maanden is een lange tijd en ik ben vergeten wat ik je te zeggen had. Laten we over iets anders praten. Misschien schiet het me dan te binnen.'

'Harry, waarom belieg je me? Natúúrlijk heb je met vrouwen geslapen. Een man kan niet leven zonder vrouwen. Waren ze mooi, je vrouwen?'

'Nee,' zei hij moe, 'mooi niet. Zeker niet mooi. Alles behalve mooi. Hoeren. Voor geld. Zoals altijd als je zoekt en niet kunt vinden. Met daarna dat oneindig wrange gevoel diep in je, niet met woorden uit te drukken, de grote leegte. En ik was eenzaam. Nooit in mijn leven ben ik zo eenzaam geweest. Soms heb ik gewenst dat ik... o, ik laat het vallen. Het is best dat ik het laat vallen. Ik ben nu weer bij je en dat is goed. Voordat het weer zal zijn als vroeger, moeten we enkele dagen rustig bij elkaar zijn en praten en elkaar dingen bekennen en dan zal het wel weer in orde komen.'

'O, Harry, het is alsof je moe bent. Wanneer zul je weer sterk en lenig en opgewekt zijn zoals in Boko-

tolo, die fijne dagen in Bokotolo? En je spreekt zo
anders. Je Lingala is geen echt Lingala meer. Het is
vertaald Frans.'
'Europa...'
'Hoezo, Europa?'
'Europa maakt al het jonge, natuurlijk, blije, onge-
remde, gezond dierlijke in iemand kapot. In Europa
stik je, je verlept er als een plant die geen zon krijgt.
Europa is een oud land, Julie, een land aan het eind
van zijn krachten.'
'Hoe kan een land nu oud worden? Het is omdat jijzelf oud bent geworden. Waar is mijn jonge, sterke,
onbezorgde man, mijn luipaard, mijn toffe vent?'
'Ik denk te veel na, Julie. En denken maakt iemand
oud. Ik moet me bevrijden van sommige beelden, ob-
sessies. In plaats van bevrijdend te werken, holt het
me steeds meer uit. O, het is zo moeilijk om het
onder woorden te brengen. Zal het nog ooit mogelijk
zijn, me door iemand te laten begrijpen?'
Zijn gezicht vertrok alsof hij ergens pijn had.
'Ik begrijp je niet,' zei ze klaaglijk, 'ik begrijp die
Europese woorden niet. Spreek eenvoudig. Spreek
echt Lingala als vroeger.'
'O, laten we er niet meer over praten. Laten we over
iets anders praten. A drink?'
'Fine,' zei ze als in een reflex.
Hij kwam met een ruk overeind, boog zich voorover,
greep de fles en goot het glas vol. Er kwam een ze-
nuwtrekking om zijn mond.
'You wanna drink?' zei hij met een vlugge blik op
haar, een glimlach.
'Go ahead.'
Hij dronk met kleine slokjes, keek haar opeens recht
in de ogen.

'Waar leerde je al dat Engels?' zei hij kort, onverschillig (maar gespannen, bevend).
Ze keek terzijde.
'Wel,' zei hij opeens breed glimlachend, 'om verder te gaan zou ik kunnen zeggen dat bij voorbeeld de kleur van je nagellak... dat ik die tint nog nergens gezien heb. Dat ik 'm niet voor je heb gekozen zoals ik vroeger altijd deed. Dat ik bovendien hoop dat *jij* 'm hebt gekozen. Maar dat zal wel zo zijn. De nagels zelf zijn die van Julie die ik heb gekend, amandelvormig, rood en glanzend als robijnen, mooi puntig gesneden en smetteloos. Dat stelt me gerust. Enfin, een beetje. En de handen zijn nog altijd even smal en fijn en toch stevig en gespierd en als ik de kootjes een na een zou kussen, dan zou ik meteen weten of ze van die bewuste Julie zijn. Er is echter één zaak die me fel intrigeert. Toen ik die gouden kies in je mond zag, toen heb ik gedacht aan die keer – het was hier in Leo geloof ik – je had kiespijn en je wilde hem niet laten vullen en nu zie ik dat je het wèl hebt gedaan terwijl ik in Europa was. Maar geen zorg. Ik ben terug in Kongo en ik lig naast je in een luxueuze suite van Hotel Memlinc, een chic hotel bovendien, een chic rothotel, alleen bewoond door hoge pieten van de UNO, UNO-stinkers, UNO-klootzakken, UNO-rotzakken, stinkende, rottige UNO-klootzakken. Maar één ding is verheugend, dames en heren, ladies an' gentlemen: m'n vrouw heeft ontzàglijk veel invloed in de hoge UNO-kringen, ze rijdt onder meer rond in een bewimpelde Buick, a black Buick, heeft een chauffeur en zoals ik eerder opmerkte: een comfortabele suite in de Memlinc en dollars in overvloed. Nu vandaag ontvangt ze voor de gelegenheid één van haar vroegere

minnaars en slaapt ermee en legt het erop aan het nog eens over te doen en wat is ze lief, wat is ze onweerstaanbaar, welgevormd, geurig, goedgekleed, te veel om op te noemen...'

Hij grinnikte en dronk het glas met een ruk leeg.

'Schei uit met drinken, Harry,' zei ze. 'Je verliest je zinnen.' Ze zei het kalm, maar het was alsof iets haar keel dichtkneep. Haar gezicht was verwrongen.

'Waarom zou ik niet drinken?' zei hij met een kort lachje, 'het is *mijn* whisky. Ik heb hem betaald met *mijn* geld in het vliegtuig, snap je, en niemand ter wereld zal me kunnen verbieden goede, met eerlijk geld gekochte whisky te drinken, al zijn het twee flessen, drie of duizend flessen...' Hij schreeuwde: 'Deze whisky is mijn *eigendom*, hoor je!'

Hij greep de fles, trok de kurk eraf met zijn tanden, goot het glas boordevol, spuwde de kurk uit en zette de fles met een klap op de vloer. Hij dronk een lange teug, veegde zijn mond af met de rug van zijn hand. Zijn ogen stonden glazig. Hij vouwde het kussen achter zijn rug dubbel, ging ertegen liggen en dronk onophoudelijk met kleine teugjes van de whisky. Hij fixeerde haar.

'A drink, young lady, you wanna drink?' zei hij slepend, nauwkeurig, 'what about a drink, my sweetheart, what about a drink, my rabbit, my kitty, my poor kitty, my cat, my black cat, oh my black cat, kitty, poessoe-poessoe, mwa nyama moke na ndoki...'*

Er kwam paniek in haar ogen. 'Harry,' fluisterde ze gejaagd, 'wat scheelt je, Harry? Het is alsof je de duivel in je ogen hebt, Harry, Harry...'

* klein ongeluksbeestje

Ze hijgde. Ze vlijde zich tegen hem aan, haar hoofd tegen zijn borst, drong haar knieën tussen zijn dijen. Hij keerde haar de rug toe met een ruk. De whisky spatte op het laken.

'Harry!' gilde ze, 'Harry!' Ze greep zijn arm, trok eraan, wild, snokkend. Hij keerde zich langzaam om, bekeek haar. Met dezelfde raadselachtige glimlach op zijn gezicht.

'What about a drink?' zei hij zacht, 'you wanna drink, sweety? O, you bitch, dirty stinking United Nations-bitch!'

Ze kroop achteruit met opengesperde ogen vol tranen.

'Wie heeft je dat Engels geleerd, *tufi na mama na yo?*'* schreeuwde hij met een rauwe negerkeelklank in zijn stem.

Er kwamen korte snikken uit haar keel. Ze vouwde haar handen, hulpeloos, greep zijn arm, kuste hem, hield zijn hand tegen haar wang. De tranen liepen over haar gezicht. Haar lichaam schokte.

'O, Harry, ik heb maar één man. Jij. Jij alleen. Je begrijpt niet. Wat het voor me is. Hier in deze stad te moeten leven. O, denk dàt niet. Ik wil niet dat je dàt denkt. Begrijp me toch. Begrijp me toch. Je zei het zelf: voor geld en daarna die pijn, niet onder woorden te brengen. Het is allemaal van zo weinig belang. Ik heb alleen maar gewacht. Niets anders. Alleen onze liefde telt, Harry. Ik moest toch léven. Begríjp me toch, Harry. En wees niet zo wreed, mijn hart doet pijn, pijn, pijn. Ik ga sterven als je nog eens zo wreed tegen me bent. Het is niet zoals je dacht. Het is heel

---

* uitwerpsel van je moer

169

anders dan je denkt. Kom bij me, in me, laten we alles vergeten. Zeg zoals vroeger: 'Julie, Julie, Julie, pesa ngai nzotu na yo, pesa ngai nzotu na yo mobimba,'* zoals vroeger op het ogenblik dat je zaad kwam. Kom en doe het zoals jíj alleen het kunt en dood me, vernietig me in je armen en vergeet, vergéét!'

Ze greep zijn scrotum, kneedde het zacht. Hij gaf een snelle veeg op haar hand alsof hij een vlieg verjoeg. Hij dronk abrupt maar zeer nauwkeurig het glas leeg, zette het op de vloer en keek haar glimlachend in de ogen.

'Verstaat u Èngels?' zei hij vriendelijk in zeer beschaafd Lingala.

'Harry, nee, nee, asjeblief nee!' zei ze laag, jankend, iets met de handen afwerend.

'Harry, no, no, please no,' zei hij, haar stem nabootsend. 'Jammer dat je geen Engels verstaat. Werkelijk spijtig. I'm so sorry. Moet ik het langzaam en duidelijk zeggen? Wel, dames en heren, ik zal me dus langzaam en duidelijk uitdrukken. En als je het niet helemaal verstaat, zal ik het vertalen voor je. Luister eens. Trek je oortjes open. Je mooie oortjes met de gladde zijige lelletjes. What's... the... name... of... the... United-Nations... guy... who... gave... you... this... room?'

Ze keerde zich langzaam om en ging op haar buik liggen, haar hoofd in het kussen. Haar lichaam schokte.

Hij bekeek de lijn van haar prachtige rug, de armen, de hals. Er kwam een zenuwtrekking om zijn mond. Hij ademde zeer diep in en zei schor, bevend: 'What's

---

* geef me je lichaam, geef me heel je lichaam

the name of the goddamn United-Nations sonofa-
bitch *who gave you this room*?'
Het laatste schreeuwde hij en zijn stem sloeg over en
het klonk belachelijk in de kamer.
Ze lag nog altijd met haar hoofd in het kussen. Hij
zat op het bed, roerloos als een beeld, ineengedoken,
starend met gezwollen ogen.
Het was nu zeer stil in de kamer...

'Wat scheelt er?'
Harry bekijkt hem verdwaasd.
'Je zit altijd maar voor je uit te kijken. Je luistert niet
naar wat ik zeg.'
'Doe niet flauw. Drink je pint uit. Garçon!'
De kelner neemt de lege glazen.
'En wat zijn je verdere plannen?' zegt Harry opeens,
zonder hem aan te kijken.
'Bah, ik loop hele dagen rond, ga me aanbieden, vul
formulieren in, schrijf curriculum vitae's, ik aanzie
het een beetje als sport.'
'De sportman... Om thuis weg te zijn, bedoel je?'
Bob zwijgt. De regen veegt met rukken langs de rui-
ten.
'Je weet niet wat het is, thuis door je vrouw voor
leegloper en nietsnut uitgescholden te worden. Je
bent het zout in je patatten niet waard, nom de Dieu!
Eerst mijn carrière, daarna mijn huwelijk. Had ik Eric
en Elsie niet, dan...'
'Wat dan?' zegt Harry gespannen.
'Och.'
'Als je het ooit aandurft je vrouw en je kinderen in de
steek te laten, dan bekijk ik je nooit meer, hóór je
dat, godverdomme!'

'Wat weet jij van die dingen af?'
'Een heleboel,' zegt Harry. Hij slikt iets weg. 'Meer dan je denkt.'
Bob bekijkt hem aandachtig.
'Ben jij soms getrouwd?'
'Daarvoor moet je niet getrouwd zijn.'
'Heb je een vriendin?'
'Wapi.'*
'Welnu dan?'
'Och, laat vallen.'

... 25 MEI 1961. 'HIER NOG,' zei ze, 'kijk, hier heb je nog wat vergeten.'
Hij doopte het penseel voorzichtig in het flesje nagellak, veegde het af aan de rand, bekeek haar glimlachend.
'Geef hier dat handje,' zei hij, 'geef hier dat handje met de parelmoeren katteklauwtjes.'
Ze wiekte met haar ogen.
'Hier,' zei ze, 'nog een klein tipje. Kom laat mij het doen.'
'Nee, je nagels zijn van mij. De rest kan me niets schelen, maar de nagels zijn van mij.'
Hij nam haar duim, boog hem om aan de knokkel en gaf een likje met het penseel.
'Wel, daar hebben we dan Julie, dochter van Bonzale, kant en klaar. Nog niet helemaal, want ze loopt er nog een beetje ongekleed bij, maar dat is niet zo erg.'
Hij schroefde de stop op het flesje.
Ze liep naar de kleerkast, trok de schuifdeur open.
De kast hing vol hangers met jurkjes, bloesjes, jupons.

* wat zou het?

Op de bodem lagen sandalen en schoentjes, ordeloos door elkaar gegooid.

Ze bleef voor de kast staan, schoof de hangers één voor één opzij. Ze had alleen een zwarte tule jupon aan en een bustehouder.

Hij nam een pakje Lucky Strike van de tafel, tikte een sigaret tegen zijn duimnagel, stak 'm op, schopte zijn mocassins uit en liet zich op het bed vallen.

Ze keerde zich om.

'Zeg jij eens wat ik moet aandoen,' zei ze, 'ik weet het werkelijk niet.'

'Doe niets aan en blijf bij mij.'

Hij lag met de sigaret tussen zijn lippen naar het plafond te staren. De vloer naast het bed lag vol as en peukjes. Er lagen ook Amerikaanse pocketbooks en in de hoek stonden lege whiskyflessen.

Ze schoof de hangers weer één voor één opzij, haalde er een lichtblauw jurkje met witte bollen uit.

'Dit hier?' zei ze, het tonend.

'Go ahead.'

'Het is net of het je niet kan schelen wat ik aandoe.'

'Go ahead.'

Ze trok het jurkje over haar hoofd, werkte met de armen en streek de plooien glad.

'Je wordt dikker,' zei hij, 'het spant rond je achterwerk als een gaine élastique.'

'Is dat erg? Jij hebt toch graag dikke vrouwen. Of niet soms?'

'Dik niet. Gevuld op de juiste plaatsen. Je bent net goed. Net zoals het moet zijn.'

'Trek de rits dicht.'

Hij richtte zich half op, de ogen toegeknepen voor de sigaretterook. Hij trok en gaf een pats op haar achterste.

'Thanks.'
'Never mind.'
'Is het zo goed?'
'Wat?'
'Wel, het jurkje en de rest.'
'Kan het je wat schelen wat ik erover denk? Als het maar goed is voor mister Strindberg.'
Hij snoof door zijn neus, grinnikte, ging weer liggen.
Ze keerde zich om, ging naar de toilettafel.
'Nou, je bent beeldig, werkelijk,' zei hij, zich oprichtend, 'papa Strindberg zal wel dol op je wezen, de arme onnozelaar. Een gelukje dat hij nogal onschadelijk is, – dat zeg jíj tenminste –, anders zou ik nog jaloers kunnen worden en jaloerse mannen creëren altijd stomme situaties. In ons geval moeten we het leven bekijken met Angelsaksische, beter, Zwéédse humor. Ik heb er soms wel wat last mee, want ik bezit helaas niet de mentaliteit van een pooier. Pooier moet je geboren zijn. Enfin...'
Hij liet zich weer achterover op het bed vallen, pulkte aan zijn grote teen.
Ze stond voor de toilettafel met de lipstick. Ze gooide hem tussen de andere toiletspullen, nam een vaporisator en spoot enkele malen over haar hals, schouders, haren.
'Hoe laat is het, Harry?' zei ze, aandachtig in de spiegel kijkend.
Hij hief zijn arm op.
'Bijna halftien.'
Ze nam haar handtas, klikte hem open, nam een zakdoekje, deed er eau de cologne op en stapte in een paar rode sandaaltjes.
'Wel...' zei ze met een zucht.

174

'Hij houdt van sandalen, geloof ik,' zie hij, 'je hebt er de laatste week wel tien paar bij gekregen, geloof ik.'
Ze lachte. Kwam op hem toe, greep hem bij de schouders. Haar gezicht werd ernstig. 'Wacht op me, wil je,' fluisterde ze, 'ik wìl dat je deze avond op me wacht. En als je slaapt, zal ik je wakker maken. Na die... die... o, je weet wel, met die ouwe vetzak, wil ik altijd met je... ik zwijg erover, het is alsof ik telkens moet gezuiverd worden. Ik zal hem deze avond over de grond laten kruipen als een hond, laten janken, kwispelen, op handen en voeten door de kamer laten springen, tot hij druipt van het zweet. Ik zal hem zijn lelijke, lange, schonkige vrouw in Zweden laten vervloeken, zijn kinderen, kleinkinderen, zijn eigen bloed en geslacht, zijn eigen hondeziel, bàh... en hij zal moeten *dokken*, vijfhonderd dollar zal hij deze maal dokken. Geef me wat geld voor een taxi.'
'Hoeveel?'
'Ha, als je iets geeft, moet je dan altijd tellen?'
'Kongolees of dollars?'
'Bewaar je dollars. Dollars is goed geld.'
Hij haalde een pakje bankbiljetten uit de zak van zijn shorts, plukte er een paar uit, gaf ze.
Ze telde, trok een zuur gezicht en gooide ze op het bed.
Hij haalde de schouders op, plukte er nog een paar uit en gooide ze naast de andere.
'Ik moet hier altijd schooien,' zei ze, 'vroeger kreeg ik altijd genoeg. Nú? Bàh!'
'De tijden zijn veranderd. Vroeger kostte een kip dertig frank. Nu vijfhonderd. Je zou beter zwijgen en je dikke Zweed pluimen zoals het hoort. Dollars. Geen Kongolees bocht. Bah, het misbaksel. Ik zou hem wel eens willen zien. Kan hij het goed?'

Ze antwoordde niet.

'Kan hij het even goed als ik?' zei hij, 'of beter?'

'Och, Harry, zeg zoiets niet. Je weet wat hij van me vraagt. Ik zou niet willen dat hij... je wéét toch dat zijn buik er te dik voor is en dat... je weet toch ook dat dit hier alleen van jou is... bah, de zwetende vetzak, het zweet stróómt eraf en... en... och, laat vallen, het heeft allemaal geen belang, je weet toch dat het allemaal geen belang heeft...'

'Sssst. En als je nu eens zwanger wordt... Wie zal dan de gelukkige vader zijn?'

'Verkoop geen onzin. Je wéét dat ik geen kinderen wil. Van hem niet. Van niemand. Voor mij geen buik met plooien. Ik zorg wel dat ik er geen krijg. Het is mijn zaak hoe ik het klaarspeel. Wees blij dat ik geen geknoei met condomen en zo van je eis, zoals die blanke vrouwen van jullie. Zeg, wil je per se een kind? Zou je willen dat ik erbij liep met hangende borsten en een uitgezakt figuur?'

'Je praat te veel. Ga nu. Anders komt er herrie van.'

'Geef me eerst nog honderd of tweehonderd frank.'

Hij zuchtte. Gooide twee biljetten op het bed. Ze nam ze op, vouwde ze dubbel en stak ze in haar corsage.

'Dag, hoor,' zei ze.

'Dag.'

'Krijg ik geen kus?'

'Mmm.'

Ze boog zich over hem heen. Hij sloot zijn ogen. Ze kuste hem. Hij bewoog niet.

'Dag, hoor.'

Hij knikte haast onmerkbaar.

Ze ging naar de deur. Hield de hand op de kruk. Keek om.

'Dag, hoor,' zei ze zacht.

Hij antwoordde niet, lag met gesloten ogen op het bed, een trek van pijn op zijn gezicht.

'Harry...'

Hij zweeg.

'Harry, lieveling...'

Hij ademde zeer diep in.

'Ga nu, Julie,' zei hij, 'ga nu, laat me alleen.'

'Harry...'

'Ga nu. Maak het niet erger. O, ga nu!'

'Harry...' zei ze fluisterend, diep in haar keel.

Hij opende de ogen.

'Mm.'

'Dag, hoor, lieveling.'

'Dag...'

'Zeg: dag lieveling.'

'Dag...' Hij slikte moeilijk.

Ze draaide de kruk om, opende de deur, ging met gebogen hoofd buiten. Ze sloot zeer zacht de deur.

Hij lag met gesloten ogen op het bed...

'Weet je wat ons, kolonialen, hier in België kapotmaakt?'

'Nee,' zegt Harry, 'dat weet ik niet.' Hij zit ineengedoken in zijn leren jasje en kijkt over het hoofd van Bob naar de wand over hem naar het Coca-Colameisje met de dikke boezem.

'Het is zeer moeilijk om het juist te zeggen. Het is iets als... in de aard van: waardevol materiaal als schroot verkopen.' Hij wacht even, kijkt Harry recht in de ogen. Zijn vossegezicht staat gespannen. 'In Kongo droegen we *verantwoordelijkheid*,' zegt hij gejaagd, 'we konden *initiatieven* nemen. Ons werk was *goed* werk, *groot* werk. Het was de moeite waard er zich voor in te spannen. We hadden een *zending*, een *ideaal*. Dàt was het. Het kon je *bevredigen*. En je kon *ádemen*. Je was *mèns*. Je leefde in een groot jong land waar je kon ádemen. En nu...' hij maakt een hulpeloos gebaar.

'Commissaris Ndekemopele, de grote idealist,' zegt Harry spottend. 'O ja, vooral op het laatst kon je werkelijk van een zending, een ideaal spreken. Je kunt niet geloven hoe het me bevredigde. Soms stond ik te gillen van bevrediging.'

'En de Belgische regering die ons op een hondse manier belazerd heeft. Ik hoor De Schrijver nog altijd door de Wereldzender zeggen: "De ambtenaren die hun loopbaan niet in normale omstandigheden kunnen voortzetten, mogen hun post verlaten, ze zullen in de moederlandse kaders geïntegreerd worden." We geloofden een minister op zijn woord, idioten die we waren. "O, maar zùlke toeloop hadden we niet verwacht," zei hij en trad haastig af, het stuk pretentie! Zou je geen móórden doen?'

'Ondankbare, heb je niet elke maand je wachtgeld?' zei Harry precieus.

'Omdat ze juridisch niet anders kunnen.'

'Ze dóen het. Dat is het voornaamste. Ik zoek de motieven niet meer. Als je dat doet, ga je meteen kotsen. Hoe meer je over alles nadenkt, hoe vaker je moet kotsen. Ik tracht nog zo weinig mogelijk na te denken.'

'Weet je wat *mij* doet kotsen?'

'Nee.'

'Dat ik elf jaar lang dag in dag uit dat vod heb gegroet 's morgens op het appèl.'

'Vod?'

'Ja, het Belgische vod.'

'Ndekemopele, de grote anarchist!'

'Val dood. Dat vod. Zwart van de rouwende moeders van soldaten, gevallen in zinloze oorlogen. Geel van de etter. Rood van bloed.'

'Hoehoe! Lees jij Hemingway?'

'Rood van het bloed van mensen als Dr. Borms. Ik zie altijd dat beeld voor mijn ogen van een kreupele grijsaard van tachtig jaar. Op krukken. Naar de executieplaats gesleept. Doodgeschoten als een beest door gendarmen met op hun godverdomde kepie een kokarde met die godverdomde kleuren zwart-geel-rood, die ik elf jaar als een godverdomde zak elke morgen heb staan groeten.'

'Ndekemopele, de grote Vlaamse nationalist! Ze zu-ul-len hem niet te-e-emmèn...!'

'Zwijg, Harry, laat me uitspreken. Kun jij nog aarden in een land waar de koning en de kardinaal elkaar de hand drukken terwijl er nog politieke gevangenen achter de tralies naar vrijheid snakken? Kun jij een koningin toejuichen die stamt uit een land waar nu nog de arbeiders als middeleeuwse slaven worden uitgezogen door een bloedhond als Franco? Kun jij nog ademen in een land waar de meeste mensen snot in hun kop hebben in plaats van hersens, bij wie het verstand er langs achteren wordt ingespoten door T.V. en snertillustraties? Met hun eeuwig geleuter over comfort, geld, T.V., wagens, verlof aan de Costa Brava, de Côte d'Azur, 's winters het voetbal en de cafépraat en geld, geld, geld.'

'Drink een cola, want je begint te zwammen.'

'We leven in een klein, rot, corrupt land waar de politiek, de syndicaten, de politie, het leger, het gerecht, de handelswereld één rotte corrupte kattebak is waarin ik het liefst van al zou ròchelen!'

'Je schijnt die vier maanden bij je lekkere baas het nodige opgedaan te hebben. Ik zal me ook eens verhuren voor zesduizend ballen per maand. Dan kom ik tenminste nog wat te weten.'

'Weet je wat we allemaal waren?' zegt Bob, over de tafel heen buigend, Harry recht in de ogen kijkend.

'Nee.'

'Knechten van een systeem. Uitzuigers van de zwarten. Dienaren van het onrecht, de trusts, het Westerse imperialisme. Ons verschuilend achter woorden als Beschaving, Vooruitgang, Waarheid, De Rechten Van De Mens, Het Ware Geloof, mooie maskers om geldzucht en machtshonger te verbergen. We heulden met een almachtig blank schrikbewind dat er walgelijk van overtuigd was altijd en overal gelijk te hebben. Dat al eeuwen straffeloos zijn gangen ging en de Beschaving – ik spuw – bracht aan de achterlijke volkeren, de Waarheid – ik kots – aan het duistere heidendom. Het ging volgens de goede oude methode: de zwaarden hakten de kelen door, daarna stortten de kruisen zich op de zielen. De tijd van afrekenen is nu aangebroken. Eindelijk. Erg voor ons want *wij* dragen de schuld. We zullen boeten omdat we de laatsten zijn. Zo is het altijd. We hebben een blanke huid en daarom zullen we boeten. Het is alleen een kwestie van huidskleur. Hoewel Oe Thant en Ralphe Bunche en consorten miljoenen zouden betalen om een blanke huid te hebben. Ze zijn razend jaloers. Maar tot dat gevoel beperkt zich tenslotte zeer veel. We moeten dus niet te veel op genade rekenen. Hebben we zelf ooit genade verleend als het erop aankwam? Hoewel we het altijd over Genade hadden.

'Verleden week las ik toevallig iets van die neger Richard Wright. "White Man, Listen!" Een prachtboek. Een verschrikkelijk boek. Nu is alles me opeens duidelijk geworden. Nu begrijp ik veel. Als koloniaal werd je vlug als de s.s. bij de nazi's. Blindelings gehoorzamen. Befehl ist Befehl! Onredelijk. Genadeloos. Robotten. Een beetje als Eichmann. We waren potentiële Eichmanns. Ontzettend!

'Ter plaatse realiseer je je zoiets niet. Hier wel. Je hebt in je leven altijd muilperen nodig om tot de werkelijkheid te komen. Er is me veel duidelijk geworden. En ik denk veel na. Veel te veel.'

'Je daast,' zegt Harry.

'Zeg jij dan eens wat je erover denkt?'

'Eerst lig je te leuteren over een mooi land, een groot land, een jong land waar je kunt ademen, waar je grote dingen kon verwezenlijken, het bevredigde je, enzovoort en een minuut daarna begin je af te geven op alles en nog wat, het Belgische vod, de koning, Franco, de kardinaal, T.V., de Côte d'Azur. Waarom ook niet tegen de groeiende zedenverwildering, het roken van marihuana, de korte rokjes van onze grieten, hé Savonarola?'

'Je ontwijkt mijn vraag. Had jij Kongo niet in je bloed?'

'Bah,' zegt Harry, 'je moet dat allemaal niet overdrijven. Alles bij elkaar heb ik geen slechte tijd gehad in Kongo. Ik heb er veel geleerd. Ik ben er man geworden. Dat is zeer belangrijk. Zoiets tekent je voor je hele leven. Het had wel beter kunnen zijn, maar slecht was het niet. Alleen op het laatst, ja, toen...'

Bob zwijgt. Hij ziet er nerveus en moe uit. Hij legt voorzichtig de klis haar over zijn schedel.

Harry kijkt naar de kelner die achter de toog in het ijle zit te staren. Achter de kelner is een spiegel met een rij flessen ervoor.

Cinzano, leest Harry, Dubonnet, Martini...

... 25 MEI 1961. 'HETZELFDE,' ZEI HIJ en schoof het lege glas vooruit. Hij zat ineengedoken op de barkruk, de ellebogen op de tapkast.

De barman, een neger, nam traag de fles met ver- chroomde bol plus pijpje erop, keerde ze om boven het glas, er klonk gepruttel en een straal whisky spoot in het glas. Hij liet het driemaal spuiten, liet twee blokjes ijs in het glas vallen en schoof het vooruit.

Hij mompelde 'thanks', maakte een luchtig gebaar, nam een slok, draaide met het ijs in het glas – het rinkelde – keek erin. Het was stil in de bar. Hij was alleen met de zwarte barman, een mooie neger met een smal aristocratisch gezicht en platte ogen.

De blanke op de barkruk keek naar de spiegel met de rij flessen ervoor.

'Dat geboortedorp van je aan de Lufira waar we het gisteren over hadden,' zei hij, 'vertel daar eens wat meer over.'

De barman lachte even.

'Wat is er nu over een dorp te vertellen, monsieur?' zei hij.

'Vertel zo maar wat. Om 't even wat. Hoe heette het dorpshoofd?'

'Mambuta.'

Hij liet weer het ijs in het glas rinkelen.

'Mambuta,' zei hij dromend, in het glas kijkend, 'Mambuta.' Hij dronk een lange slok.

182

'Ja,' zei de barman, 'Mambuta, zoon van Mokutu, oudste clanbroeder van mijn grootvader langs vaderskant. Hij was een goed dorpshoofd. Wijs. Rechtvaardig. Streng. Nam nooit een overhaaste beslissing. Hij raadpleegde de Raad der Ouden. Iedereen had ontzag voor hem. Iedereen hield van hem. Hij was een goed mens...'

Hij hield op. Keek terzijde.

De blanke op de barkruk nam weer een slok van zijn whisky en keek recht voor zich uit naar de spiegel en de rij flessen. Zijn ogen waren gezwollen. Hij had een geel sporthemdje aan met paarse vliegende vissen erop.

'Ik heb indertijd een ménigte geschikte dorpshoofden gekend,' zei hij, luchtig met de hand wuivend, 'mannen van eer, mannen waarvoor iedereen ontzag had, mannen met een gezond oordeel, mannen met een groot hart, wat zeg ik? een edel hart, enfin, in één woord: geschikte dorpshoofden.'

Hij dronk het glas leeg met een zwaai en schoof het naar voren.

De barman nam de fles, keerde ze om boven het glas, liet het maatje driemaal pruttelen, rommelde met de tang in de ijsemmer.

'Goede dorpshoofden zijn een ware zegen voor het dorp,' hernam de blanke nadenkend, 'men mag rustig zeggen dat een dorp staat of valt met het dorpshoofd, ik bedoel met de *kwaliteit* van een dorpshoofd. De beste die ik ooit gekend heb heette... hoe heette hij ook weer?... verdomme...' – hij knipte met de vingers – 'zoals "oren" in het Lingala.'

'Matuy?' zei de barman.

'Matuy. Je hebt het. Matuy. Haha, die ouwe Matuy.

Slim als een aap en voor geen cent te vertrouwen. Met een gerimpeld snuitwerk als een chimpansee, oogjes altijd over en weer schietend als van die rat... die slimme springrat uit het fabeltje... ik zou het duizendmaal kunnen zeggen...'

'Motomba?'

'Nee.'

'Mopute?'

'Nee! Die kleine deugniet uit de fabel met de blauwe fazant Kulikoko...'

'Mbadi?'

'Juist. Mbadi. Wel, capita Matuy met de oogjes van het ratje Mbadi, dat rakkertje uit de fabels, probeerde me heimelijk te belazeren de eerste keer dat ik hem ontmoette. Maar dat lukte niet. Daarna werden ze vrienden. De beste vrienden. Ach, wat is dat lang geleden. Verdomme, die ouwe schurk van een Matuy. Ik was erg op hem gesteld. Enfin...'

De barman keek hem aandachtig aan met zijn platte ogen.

'Hoe bedoel je, belazeren?' zei hij.

'Och, de moeite niet. Hij beweerde dat er niemand in het dorp was om mijn koffers af te laden. Ik greep hem bij de broeksriem en schold hem de huid vol en een half uur daarna was het dorp net een mierennest en...'

'En daarom zijn jullie vrienden geworden?'

'Ja.'

De barman zei een poos niets. Dan keek hij de blanke aan en zei: 'Wat voer jij hier eigenlijk uit in Léo, monsieur?'

De blanke nam een slok whisky, hield hem lang in de mond. Slikte.

'De moeite niet waard om over te praten. Als je wil: technisch adviseur op een ministerie. Het is werkelijk de moeite niet waard. Laat vallen.'

'Waar woon je ergens?'

'Ik heb geen huis.'

'Woon je dan nèrgens?'

'Zoals je zegt. Ik woon nergens. Ik heb geen huis en ik woon nergens. Spreek over iets anders.'

De barman zweeg. De blanke keek naar de spiegel, het glas in de hand.

'Heb je dan geen váder?' vroeg de barman opeens.

De blanke keerde zich langzaam naar hem toe en strekte zijn rug.

'Mijn vader was een schoft,' zei hij laag, 'ik haatte hem, hij heeft nooit echt met me gesproken, hij was geen vader, hij leefde alleen voor zichzelf, ik haatte hem.'

De barman zweeg. De blanke keerde zich weer half om.

'Ik zou wel eens willen weten hoe hij het stelt, die ouwe schurk van een Matuy,' zei hij grinnikend.

'Zo praat men niet over een vriend,' zei de barman ernstig, 'in mijn geboortestreek bestaat er een spreekwoord dat zegt:

    Een vriend is als de avondwind.

    Men ademt hem in, in, in,

    Men houdt niet op hem in te ademen.'

'Vandaag heb ik geen zin om diepzinnig te doen,' zei de blanke nors en schoof zijn glas vooruit, 'apropos, waren er mooie grieten in je geboortedorp?'

'In elk dorp is er wel een witte kip,' zei de barman bedachtzaam, de fles grijpend, 'en mooi... wat is ten slotte mooi, blanke? Jullie blanken vinden een vrouw

185

mooi als ze tenger is, smalle heupen en kleine borsten heeft en wij zwarten... voor ons is de vrouw in de eerste plaats moeder van kinderen, de sterke vrouw die veel hout kan dragen en water putten en maniok kan roten en krabben en... heb jij geen vrouw, blanke?'

'Nee.'

De barman begon te lachen. Hij had een knap gezicht als hij lachte.

'Leopoldstad loopt vòl vrouwen. Blanken hebben toch geen last om een vrouw te krijgen,' zei hij en lachte weer.

'Vróeger had ik een vrouw. Nu niet meer.'

'Een blanke?'

'Nee.'

'Was ze mooi?'

De blanke dronk zijn glas abrupt uit, trok de portefeuille uit de achterzak van zijn shorts en zei schor:

'Hoeveel?'

'Zes vijftig,' zei de barman zonder na te denken.

De blanke haalde een pakje bankbiljetten te voorschijn.

'Heb je geen dollars?' zei de barman met een vlugge blik op de portefeuille, 'dan is het maar drie dollar.'

'Waar zou ik dollars halen?'

'Dan is het zes vijftig.'

'Hier.'

'Dank je wel.'

'Goedenacht.' Hij liet zich van de barkruk zakken.

'Heu... heb je soms geen vrouw nodig?' zei de barman, 'ik ken wel een geschikte mulattin die euh...' hij maakte een obsceen gebaar met zijn duim.

'Nee, dank je Albert,' antwoordde de blanke met een kort, wrang lachje.

Hij ging naar de deur. De barman keek hem na met lege ogen.

Hij kwam in de gang en klom langzaam de trap op. Zijn sandalen klikklakten op het marmer. Hij liep door de corridor met de dikke groene loper en bij kamer 6 duwde hij de deur open.

Binnen brandde een schemerlamp op het nachttafeltje. Hij sloot de deur achter zich en bleef een hele tijd midden in de kamer staan. Dan schopte hij zijn sandalen uit en ging op het bed liggen. Een lange tijd lag hij naar het plafond te kijken.

Ten slotte ging hij op zijn buik liggen en sloeg zijn armen rond het kussen...

'En jij doet hele dagen helemaal niets?' zegt Bob.

'Mm.'

'Verveel je je niet?'

Harry haalt de schouders op.

'En wat ga je doen na die zes jaar als het uit zal zijn met dat wachtgeld?'

'Dat raad je nooit.'

'Nee?'

Harry buigt zich over het tafeltje heen en zegt geheimzinnig: 'Ik ga een hold up organiseren. Iets enigs in zijn soort. Een volmáákte hold up. Een die me veertig of vijftig miljoen zal opbrengen en dan ga ik me ergens op de Canarische Eilanden installeren. In een grote villa met marmeren trappen tot in de zee. Met een patio, Moorse zuilengangen, fonteinen, blote Venussen en een oneindig terras in flagstone, een tuin vol witte rozen, een Alfa Romeo en twee of drie beeldschone, hete slavinnen. Eén die mijn sandalen vastmaakt, één die me wast en één die me afdroogt. En

alle nachten vogelen. Eten, drinken en vogelen, de rest zijn toch maar woorden van duizend frank per stuk, uitgevonden om je tam te houden door een bende gefrustreerde hypocrieten, die zelf geobsedeerd zijn door hetgeen ze allemaal verbieden. Skal!'
'Geef mij dan één miljoen.'
'Vijf.'
'Dank je.'
'Zonder dank.'
Ze nemen een teug.
'We zijn allemaal onnozelaars,' zegt Bob opeens.
'Waarom?'
'We zouden een soort geheim leger moeten stichten. Plasticbommen plaatsen in de huizen van de ministers die Kongo verkocht hebben. Voor één ding hebben die heren schrik. Weet je voor wat?'
'Nee.'
'Voor hun vel.'
'Shut up,' zegt Harry.
'Of een mars op Brussel organiseren. De mars der kolonialen. Met knokploegen.'
'Shut up.'

... 22 JUNI 1961. BUITEN BLIKSEMDE het aanhoudend. In de verte rommelde de donder. Door de latten van de scandiaflex kwam nu en dan een helblauw schijnsel en verlichtte de kamer als een opflitsende magnesiumlamp.
Harry lag op het bed te roken. Op een taboeret naast het bed stond een draagbare radio. Hij speelde. Het was klassieke muziek en telkens als het bliksemde, kraakte de radio. Harry lag op zijn rug met opgetrokken knieën en rookte kalm. Hij had alleen een

slipje aan. Het puntje gloeiende as van de sigaret lichtte rood op telkens als hij een trek deed. Hij lag in de donkere kamer naar muziek van Bach te luisteren. Er was veel fading en geruis in de radio. Hij verdraaide de knop om de juiste golflengte te krijgen. Als de sigaret op was, duwde hij 'm uit tegen de rand van het bed, schudde een andere uit het pakje, stak 'm op, inhaleerde en schoot de lucifer met een vingerknip de kamer in. Hij hield zijn polshorloge dicht bij de ogen om goed de fosforescerende wijzers te zien. Hij zuchtte, verdraaide de knop weer, maar het gekraak overstemde de muziek en de fading werd kort en ritmisch. Hij zette de radio af. Er viel een vreemde stilte hoewel het nu aanhoudend donderde. Er stak wind op en de gordijnen gingen heen en weer. Hij rookte.

Opeens vloog de deur open. Harry kwam met een ruk overeind, tastte gejaagd onder het hoofdkussen, maar toen zag hij haar binnenkomen en hij bleef rechtop zitten. Ze wankelde tot in het midden van de kamer. Ze had verdwaasde, glazige ogen en een gezwollen gezicht. Ze stond een ogenblik roerloos midden in de kamer, deed enkele passen en liet zich voorover op het bed vallen. Ze kreunde, klauwde met de handen in het laken. Hij knipte de schemerlamp aan, greep haar bij de schouders en keerde haar om. Ze rook naar alcohol. Haar blouse was gescheurd. Er zat bloed op. Hij keek met iets als grote verbazing, ongeloof naar de gescheurde blouse, de bloedvlekken.

In de corridor klonken stappen. Ze kwamen naderbij. Hij sprong naar de deur die ze had laten openstaan en sloeg ze met een slag dicht, draaide de sleutel om.

Hij kwam weer naar het bed en bekeek haar lange tijd. Zijn kaakspieren gingen langzaam op en neer.

Hij boog voorover, nam de sandalen van haar voeten en begon haar uit te kleden. Hij scheurde de blouse los en toen lag ze op het bed, alleen een zwart slipje aan. Ze lag op haar rug en begon te snurken.

Hij bleef naast het bed staan en keek haar verwilderd aan. Hij zweette. Opeens trok haar lichaam samen, er kwam een balkend geluid uit haar keel, haar gezicht vertrok pijnlijk en er spoot een gulp braaksel op het bed. Ze sloeg het hoofd van links naar rechts en haar lichaam trok weer samen in een kramp. Hij greep haar vast en sleurde haar uit het bed en er spoot een gulp op de vloer. Hij hield haar onder de oksels, trok het slappe lichaam over de vloer mee tot in de badkamer. Hij knipte licht aan en ze braakte nog eens op de vloertegels.

Hij trok haar over de rand van de badkuip en hield haar hoofd bij de haren, stak twee vingers in haar keelgat en toen kwam het. Het gulpte warm over zijn hand. Ze balkte en braakte en spuwde en hij draaide de kraan open en alles liep weg door de afloop. Hij schepte enkele handenvol water en kletste het tegen haar gezicht, borst en buik, ze werd met een gil wakker en sloeg naar de waterstraal, spoelde onhandig haar mond, spuwde en gorgelde en begon met twee vingers haar tanden te poetsen zoals de bosnegers. Ze liet zich op de vloer neer en wreef zich de ogen uit, trok een handdoek van het rek en toen ze droog was, bekeek ze hem dwaas en begon te grinniken.

Hij lachte niet.

'Het was die verdomde corned beef,' zei ze met een dikke tong.

Hij antwoordde niet, spoot de restjes braaksel van de wanden van de badkuip met de handdouche.

'Nooit meer corned beef,' zei ze en liet een zware boer diep uit haar maag.

Hij hing de handdoek aan de haak, nam de dweil die op een droogrek hing en maakte hem nat onder de kraan. Ze zat verdwaasd op de vloer voor zich uit te kijken en krabde zich onder de borsten als een aap.

Hij ging de slaapkamer binnen en begon het braaksel op te vegen, trok het laken van het bed, maakte er een prop van en in de badkamer veegde hij de tegels schoon en spoelde de dweil uit in de badkuip.

Ze zat nog altijd op de vloer, ineengedoken als een negerwijf. Ze trok een zuur gezicht.

'Sprenkel eau de cologne,' zei ze stug, 'ik kan die stank niet uitstaan.'

Hij stond de dweil uit te wringen boven de badkuip. Toen het klaar was, hing hij hem zorgvuldig op het droogrek.

Ze stond moeilijk op en wankelde de slaapkamer in, liet zich zwaar neer op het bed, hield het hoofd in de handen en schudde ermee heen en weer.

'Sprenkel eau de cologne,' zei ze.

Hij ging naar de toilettafel, nam de fles 4711 en schroefde de stop eraf.

'Op het bed ook,' zei ze, 'het bed stinkt verschrikke-lijk.'

Hij sprenkelde 4711 op het bed, de vloer, op haar. Het begon aangenaam te ruiken in de kamer.

Ze liet zich van het bed rollen en nam haar handtas van de vloer. Ze trok 'm open en haalde er een rolletje bankbiljetten uit, gooide ze op het bed.

'Kijk,' zei ze, 'geld.'

Hij zette de fles terug op de toilettafel, kwam naast haar op het bed zitten, snoof de lucht op en grijnsde.

'Er komt nog regen,' zei hij.

Ze liet zich achterover op het bed rollen, trok haar knieën op.

'Vergeet het geld niet,' zei ze en gaapte met ver open mond.

Hij nam het rolletje, trok één voor één de biljetten eruit, streek ze glad, telde. Het waren vijftien biljetten van tien dollar.

'Leg het in de safe,' zei ze slaperig.

'Waarom?'

'Leg het in de safe.'

'Is die bende weer op gang?'

'Om het even. Leg het in de safe.'

Hij stond op, tastte in de achterzak van zijn shorts die op een stoel hingen en haalde er een lange sleutel uit.

'Ik ben zo terug,' zei hij en ging naar de deur.

Hij draaide de sleutel om, keek even de gang in. Er was niemand en hij liep de gang door, tot aan de trap, ging hem af tot in de lobby. Hij keek rond want hij had alleen een slipje aan. Hij stak de sleutel in een van de stalen deurtjes in de muur naast het receptiebureau. Hij opende de safe en legde de biljetten erin. Er lag nog een dik plastic pak in de safe. Hij sloot ze, probeerde of ze wel goed dicht was en keek de lobby in. Tegen de glazen buitendeur leunde de UNO-schildwacht – een Zweed – plus een Kongolese soldaat. De Zweed keek naar de lucht. De Kongolees zat op de grond met zijn rug tegen de deur en sliep. Het bliksemde aanhoudend. De lange stijve bladeren van de palmen op de square sloegen heen en weer.

Hij rilde, want het was koel in de lobby. Het receptiebureau was verlaten. Hij ging de trap op, slenterde door de corridor en ging de kamer binnen. Hij sloot de deur en draaide de sleutel om. Het rook er aangenaam naar eau de cologne.

Ze lag op het bed met opgetrokken knieën, het hoofd in de armen. Ze snurkte zacht. Ze sliep.

Hij knipte de schemerlamp uit en weer was het alsof er telkens magnesiumlampen fel opflitsten. De donder ratelde nu. De gordijnen sloegen heen en weer. Het tochtte en het was fris in de kamer. Hij ging naar het bed, nam de deken en dekte haar voorzichtig toe. Hij kuste haar op het voorhoofd en streelde even over haar gezicht.

Hij schudde een sigaret uit het pakje dat op de tafel lag, stak 'm op, schoot de lucifer de kamer in. Hij ging voor het raam staan, trok aan het nylon koord en de latten van de scandiaflex kwamen plat te liggen. De wind stak nu met rukken op, de bliksem zigzagde aan de hemel, de kruinen van de palmen zwiepten heen en weer.

Hij keek geboeid toe, rookte met lange, kalme trekken en keek tussen de latten door naar de square, de witte muur en de autowrakken, duidelijk afgetekend telkens als het bliksemde.

Hij glimlachte...

'Nee,' zegt Harry dof. Vaag, in de verte heeft hij de vraag van Bob gehoord.

'Jij had toch meestal een vriendin in Kongo?'

'In Kongo, ja...'

'Nou, en als je eenmaal een vrouw hebt gehad...'

'Nee,' zegt Harry en schudt met het hoofd.

Bob zwijgt, kijkt een beetje verdwaasd naar zijn bier en neemt een slokje.

'Ik heb médelijden met die vrouwen hier,' zegt Harry opeens tegen niemand.
'Medelijden?'
'Als je een vrouw hebt gehad als ik... Julie... nee, dan...,' hij slikt iets weg.
'Was ze...?' Bob heft even de hand op.
Harry knikt.
'Een blanke?'
'Nee.'
'O.'
'De kleur maakt geen verschil, Bob,' zegt Harry, 'de kern van de zaak ligt veel dieper. Het duidelijk uitdrukken is zeer moeilijk. Ik heb de juiste woorden nog niet gevonden. Voorlopig zou ik zeggen: het is louter een kwestie van dialoog, het overspringen van een vonk. In duidelijke taal: ik wil het risico niet lopen me voorgoed in te lijven in de Grote Broederschap der Getrouwde Onanisten. In deze samenleving is die kans werkelijk te groot voor mensen zoals ik, na zo'n leven. Maar aan de andere kant ben ik dankbaar. Ik heb het samen met een ander mens gekend. De meesten hier kunnen dat zelfs niet beweren. Daarom heb ik misprijzen, eerder nog medelijden. Daarom zoek ik niet meer. Het heeft geen zin. Ik heb het gehad.'
Bob speelt met het bierviltje. Hij trekt zijn voorhoofd in rimpels.
Harry staart naar niets.
'En dan was er bovendien iedere ochtend de zon die door de mist brak,' zegt hij opeens gejaagd, 'en dauw op het gras en boven het woud de nevelslierten en overal vogels en koerende duiven in de palmen en in de vallei, het moeras met de apen en de oneindige

savanne met aan de horizon de bergen, tachtig kilometers grasvlakte met daarachter de bergen en soms
was het alsof je ze kon grijpen en je kon vrij rondlopen met een los katoenen hemdje aan en shorts en
blootsvoets en je kon alles doen en niemand bemoeide
zich met je zaken, niemand dacht eraan zich ook maar
één seconde met je zaken te bemoeien en 's avonds de
silhouetten van de palmen, zwart, met daarachter de
ondergaande zon, rood, violet, soms bijna zwart licht
en als de zon onder was de avondwind die je afkoelde
en dan in een zetel op de barza een whisky, ha, die
godverdomde whisky met ijs erin en dicht tegen je
aan een warme buik, zijig en zacht en toch gespannen
als een trommel en het besef dat je màn was, één van
de machtigste ervaringen die ik ken en 's nachts, als je
daarna buiten in de koele nacht stond met een paan
om je buik, halfdronken, kalm, leeg, màn, en diep in
de vallei de duizenden krekels en klokjespadden en de
ebea met zijn akelige schreeuw en de vleermuizen en
soms ben ik kapot, ziek van heimwee, het is haast een
fysieke pijn, erger, het vreet je langzaam uit zodat je
nergens meer gelukkig kunt zijn, niemand kan je nog
begrijpen, het is de ergste vorm van eenzaamheid...'
Harry hijgt, zijn ogen staan zeer moe.
'Ik wist niet dat jij een romanticus was,' zegt Bob met
een lachje.
'Er is weinig romantiek mee gemoeid,' zegt Harry
snel, 'verdomd weinig, dat kan ik je verzekeren. Ben
jijzelf niet een beetje kapot? Hé? Zijn we allemáál niet
kapot van binnen?'
Bob kijkt de andere kant uit en speelt nerveus met
het bierviltje. Zijn gezicht staat nu zeer ernstig.

... 29 JUNI 1961. HIJ ZAG DE BUICK op de parking staan. 'Stop,' zei hij tegen de chauffeur. De chauffeur stopte. 'Hoeveel?'

'Tweehonderd,' zei de chauffeur.

Hij betaalde en duwde het portier open, stapte uit, sloeg het weer dicht. De taxi vertrok. Het was lauw. Afrika, dacht hij en al de oude gevoelens kwamen weer opzetten.

Hij bleef staan en keek over de vlakte, die afdaalde tot aan de rivier. In de verte hoorde hij de watervallen bruisen. In de vlakte sjirpten krekels. Het was windstil. Kalm. Over alles lag de grote rust van de nacht.

Hij keerde zich om. De oprijlaan steeg en hij klom met lange passen. Het grind knerpte onder zijn schoenen. In de struiken links en rechts van de oprijlaan zaten vuurvliegen. De laan maakte een scherpe bocht naar links en daar begonnen de terrassen in flagstone. Op de top van de heuvel zag hij het silhouet tegen de zwarte hemel en helrood de lichtreclame in geschreven letters 'La Habanera'.

Hij bleef staan. Hijgend. Ergens begon zachte dansmuziek te spelen. Hij luisterde gespannen.

Een tango, dacht hij wild, een tango, nu danst ze misschien een tango. Ik mag niet denken, nooit meer denken, deze passie vreet me uit als een bloedziekte. Het is nooit liefde geweest. Alleen sex. Iets waar je fysiek en moreel aan kapot moet. Maar wat is dan liefde? Ik moet nu doorgaan. Ermee doorgaan tot het einde. Iets forceren, breken. Mijn zenuwen gaan langzaam aan stukken. Het takelt me af en had ik nu maar een God. Ik zou op mijn knieën kruipen. Hem aanbidden. Kracht vragen. Kon ik maar bidden! Mens zijn is een vloek. Niemand ontsnapt. Zelfmoord?

Enkele benauwde seconden, waarin duizenden broeders op de wereld sterven. In het Niets glijden zoals zij... Maar ik adem, ik ben gezond, ik leef, ik wil nog leven, nu, altijd, eeuwig, ik wil ééuwig léven!

Hij ging langzaam de brede trappen op en de muziek werd duidelijker. Aan de volgende bocht kon hij het verlichte open terras zien met de fauteuils, de tafeltjes, de mensen, het strijkje op een verhoog, enkele dansers.

Hij klom hijgend de laatste trappen op en wachtte. Bijna onmiddellijk zag hij het. Ze danste met een zeer dikke kale heer in witte smokingjas en zwarte broek. Hij keek ademloos, gefascineerd toe. Hij voelde de prang rond zijn keel komen.

Strindberg, fluisterde hij. Dat is nou Strindberg, de Zweedse grootindustrieel, het hoofd van de burgerlijke UNO-aangelegenheden in Kongo, Strindberg, de oerdegelijke, kerkelijke, walgelijke Zweed, de zeer rijke heer Strindberg, Strindberg-by-night, Strindberg-de-smeerlap, die op bevel spuwt op de foto van zijn lange vrouw met de grote voeten en honderd dollar neertelt om met een zaagmesje kleine slipjes in de rug van een negerin te snijden, de smeerlap, o de sméérlap.

Hij kon zijn ogen niet van haar afhouden. Hij liet zich op een rotanstoeltje neer, maakte een teken naar de zwarte kelner.

'Whisky,' zei hij, altijd maar kijkend, ziek, hol van binnen, 'dubbele whisky en een fles soda. Koud. Zo koud als het maar kan.'

De dans was nu uit en ze gingen naar hun plaats. Strindberg hield haar bij de taille en babbelde en lachte met het hoofd achterover en hij zag zeer rood en veegde het zweet van zijn voorhoofd met een witte zakdoek. Ze legde een hand op zijn arm en lachte hem toe. Ze gingen aan het tafeltje zitten. Er stond een ijsemmer op met een fles champagne erin. Strindberg goot de glazen vol. Ze klonken.

Hij keek over de stenen balustrade naar de rivier in de verte. Zijn ogen glansden vreemd. Op zijn voorhoofd stonden zweetdruppeltjes.

De kelner zette een glas met whisky op zijn tafeltje en een grote fles soda met zwevende ijskristallen erin.

Hij dronk de whisky puur met één slok uit en goot het glas vol water. Hij dronk gulzig en toen het glas leeg was, haalde hij een platte flacon whisky uit zijn zak, klikte het stopje open en goot het glas halfvol. Hij voegde er een scheut soda bij. Zijn hand trilde.

Hij keek op zijn polshorloge, greep het glas en begon te drinken met de blik star voor zich uit.

Het strijkje zette een nieuwe dans in, maar hij keek niet op. Hij zag niet dat Strindberg onmiddellijk opstond en met haar naar de dansvloer ging. Hij dronk en toen het glas leeg was, goot hij het weer halfvol. Zonder soda.

De whisky trok als een lome warme stroom door zijn bloed, zenuwen, hersens. De klik kwam en alles werd glashelder. Zijn ogen stonden troebel en om zijn mond kwam een trek van spot en hij dronk aanhoudend, automatisch om onverschillig, roekeloos te worden en wat zal er nu gebeuren als ik misschien zal opstaan en met een buiging zeggen 'wil je dansen, madame?', wat gebeurt er al niet in zulke onbewaakte momenten, we zullen het misschien meemaken want niemand hier in deze selecte hoerenkast, zelfs niemand in de hele Kongolese republiek kan me eigenlijk beletten een dame ten dans te vragen, vooral een dame die ik zeer goed ken, méér: waarmee ik reeds vleselijke betrekkingen heb gehad, ik heb gelukkig nog klóten en als we nu eens gingen kijken of die vetzak er ook heeft. Wel Harry, zou dat niet interessant zijn, mijn kop eraf als het niet buitengewoon interessant wordt. Come on Harry, go ahead Harry, come on!

Hij wachtte tot de dans voorbij was. Hij dronk zijn glas leeg, hoestte, stond op, wankelde en viel bijna. Hij ging tussen de tafeltjes door, naderde hen langs achteren.

Strindberg goot champagne in de glazen, ze klonken en toen zette het strijkje een nieuwe dans in. Hij tikte op haar schouder en zei: 'Madame?'

Ze keek om, schrok hevig, morste champagne.

Hij keek haar vlak in de ogen, grijnsde.

'Vous permettez, madame?' zei hij, zwierig buigend als een torero.

Strindberg dronk onverschillig van zijn champagne en negeerde hem.

'Non,' zei ze, 'je ne danse pas avec vous.'

Zijn bloed stond stil. O, dacht hij, is dàt nu het einde? 'Julie...' kwam het moeilijk uit zijn keel, smekend (hij voelde zich opeens slap, doodop), 'mwasi na ngai na bolingo...'* De vormelijke uitspraak klonk belachelijk hier. Hij zag spot op haar gezicht.

Hij hoorde zijn stem ver weg. Van wie is die stem? Het omhulsel, het vlies, dacht hij aan één stuk, het einde van iets. Hij legde zijn hand, die trilde, op haar schouder. Ze sloeg erop, een snelle veeg. (Zoals ik de eerste maal in het hotel, o, nu komt de afrekening.)

* mijn liefste vrouw

'Trap het af,' zei ze kort, 'espèce de con.'

Dat is het einde, dacht hij almaar door, dat is nu het einde. Ik had het voorzien, maar dat het zó zou zijn, het is een droom, ik ga ontwaken, ik moet, móet nu ontwaken.

'Come on, Julie,' zei Strindberg met een zucht en nam haar bij de arm. Ze stonden op.

Toen hij Strindberg 'Julie' hoorde zeggen, de u als een oe en de ie gerekt, maar niettemin 'Julie', dat woord met de oneindig intieme klank, begon hij opeens te beven, zijn hart begon snokkend te slaan, de wereld (alleen nog de Zweed en haat) werd zwart en rood met flikkerlichten. Toen vloog de haat hem naar de keel.

Hij sprong woest naar de ijsemmer en de dikke bodem van de champagnefles trof Strindberg hard tegen de rechterslaap. Hij haalde uit, mikte nauwkeurig en sloeg weer. De fles brak en Strindberg ging voorover en hij hoorde overal kreten en tafeltjes die verschoven en Julie vloog langs achter op hem aan en sloeg en krabde en beet hem.

Hij schudde haar met een ruk van zich af en sloeg. Ze wankelde. Iemand greep hem langs achter vast. Met een schouderworp was hij los, maar toen kwamen ze. Hij vocht razend maar ze kregen hem op de grond. Hij proefde bloed in zijn mond.

En dit is het einde, dit is nu het einde, nu komt het, het einde van iets, en toch ben ik hier, waarom? Waarom kan ik niet ontsnappen, geest worden, de diepte in glijden, de Broederschap is tòch onleefbaar.

De patron van de Habanera, de kleine dikke Fransman, liep zenuwachtig rond en riep: 'Du calme, messieurs, de grâce restez calmes. Oh, quel scandale, quel scandale!' Burgerlijke UNO-leden in smoking brachten Strindberg bij, lieten hem iets drinken, spraken lijzig Zweeds. Julie zat er op haar knieën bij, kuste, streelde hem, bette het bloed van zijn gezicht.

'Vuile hoer!' schreeuwde Harry opeens, rukte razend om los te geraken, maar ze lagen met vier man boven op hem.

'Ah quel scandale, quel scandale...' jammerde de patron, 'ik ga onmiddellijk de gendarmes opbellen.'

Strindberg zat bleek in het zeteltje met Julie op zijn schoot, zijn smokingjas vol bloedvlekken.

'Hoer, United-Nations-sonofabitch, United-Nations-bastard, I kill yah', I kill yah!' huilde Harry schor. Zijn stem sloeg over. Eén van de UNO-mannen ging op zijn gezicht zitten. Zijn schedel kraakte. Hij brulde, trapte, waterde.

Toen begon een hand nerveus in zijn achterzak te woelen. Ze haalde de sleutel van de safe eruit. Een fijne, smalle, bruine hand.

'Bitch, stinking bitch!' schreeuwde hij en beet naar de hand.

'You Belgian rat,' zei een Zweed laag, spottend.

'Rat yourself,' zei hij en spuwde.

Toen begon de Zweed met zijn hiel te trappen. Traag, systematisch. De anderen telden, sloegen de maat, klapten in de handen, zongen tenslotte mee, eerst zacht, daarna uit volle borst. Het liedje had een vreemd, hortend ritme.

Harry staart ongelovig naar de ruit met de aflopende druppels, de natte straat, de regen, dan naar Bob die hem gespannen bekijkt.

'Wat scheelt er Harry, ben je ziek, kerel?' zegt hij.

'Niets,' fluistert Harry. Hij is lijkbleek. Zijn mond beeft met schokjes als van een konijn.

'Laat me een ogenblik met rust. Zeg niets. Eén ogenblik...'

Hij leunt achterover tegen de leren rug van de bank, sluit de ogen en ademt diep in, gaat met de tong over zijn lippen.

'Roep de kelner,' zegt hij opeens, zonder de ogen te openen, 'roep asjeblief de kelner.'

Bob tikt nerveus met zijn glas tegen de marmeren rand van de tafel. De kelner komt.

'Hoeveel?' zegt Harry tegen de kelner. Hij ligt nog altijd met gesloten ogen tegen de bank.

'Zeventig, mijnheer.'

Harry betaalt.

Bob protesteert, maar Harry wuift even met de hand.

'De helft,' zegt Bob en haalt zijn portefeuille boven.

'Shut up!'

'Nee, dat wil ik niet!'

'Shut up!'

Harry trekt de rits van zijn leren jasje dicht en staat op, kijkt verdwaasd rond en in de spiegel over hem, tussen het Coca-Colameisje met de dikke boezem en de stralende renner op de fiets met het reusachtige bierglas in zijn hand, ziet hij de bleke schedel met de klis haar, de sjofele natte trench-coat, de ronde rug met de afhangende schouders en hij is mijn broeder, denkt Harry, opeens ziek van een eindeloos medelijden, en we zullen nu buiten gaan en afscheid nemen en misschien voorgoed verdwijnen in de totale vervreemding en hij zal eenzaam zijn al heeft hij ook vrouw en kinderen, tenslotte voelt men zich dáár het eenzaamst omdat de vervloeking je er langs alle kanten bespringt, en wat ga ik straks alléén dóen?

'Kom Bob,' zegt hij hees en legt een hand op zijn schouder.
Ze gaan samen naar de deur. Hij trekt ze open.
Buiten slaat de regen in hun gezicht.

Heide-Kalmthout, juli 1961 - april 1963

C.I.P. KONINKLIJKE BIBLIOTHEEK ALBERT I

Geeraerts, Jef

Schroot / Jef Geeraerts. – 3de herziene druk. – Antwerpen ;
Amsterdam : Manteau, 1992. – 208 p. ; 20 cm. –
(Grote Marnixpocket ; 419).
ISBN 90-223-1255-0
Doelgroep: Proza
NUGI 300